Deseo™

Mi querida secretaria

BARBARA DUNLOP

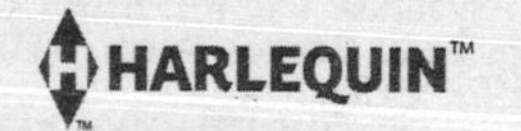

Editado por HARLEQUIN IBÉRICA, S.A.
Núñez de Balboa, 56
28001 Madrid

MI QUERIDA SECRETARIA, N.º 83 - 26.9.12
Título original: An After-Hours Affair
Publicada originalmente por Harlequin Enterprises, Ltd.

I.S.B.N.: 978-84-687-0559-0
Depósito legal: M-23441-2012
Editor responsable: Luis Pugni
Fotomecánica: M.T. Color & Diseño, S.L. Las Rozas (Madrid)
Impresión en Black print CPI (Barcelona)
Fecha impresion para Argentina: 25.3.13
Distribuidor exclusivo para España: LOGISTA
Distribuidor para México: CODIPLYRSA
Distribuidores para Argentina: interior, BERTRAN, S.A.C. Vélez Sársfield, 1950. Cap. Fed./ Buenos Aires y Gran Buenos Aires, VACCARO SÁNCHEZ y Cía, S.A.
Distribuidor para Chile: DISTRIBUIDORA ALFA, S.A.

Capítulo Uno

Jenny Watson sabía cuándo una idea era mala nada más oírla.

–No es una cita –informó de manera cortante a su mejor amiga, Emily Kiley, mientras se quitaba los zapatos a patadas y se sentaba encima de la cama de esta.

–Que él no lo llame cita no quiere decir que no puedas dar lo mejor de ti misma –le respondió Emily con la cabeza metida en el fondo del armario.

–Es mi jefe. Y es una reunión de trabajo.

–Es una boda.

–Una boda en el Club de Ganaderos de Texas –la corrigió Jenny–. Y él ha sido invitado en calidad de presidente en funciones.

Emily salió del armario con un vestido de gasa color burdeos en la mano.

–Había pensado en este –dijo, apretándose la prenda al cuerpo.

Era un vestido con un solo tirante, fajín en la cintura y dos capas de gasa. La falda era de corte evasé y llegaba a la mitad del muslo.

–Ja, ja –se burló Jenny, apoyándose en el cabecero de roble.

Emily sabía muy bien que Jenny jamás se pondría algo con un estilo tan sofisticado y en un color tan atrevido.

–Irá genial con un recogido –comentó Emily, girando por la habitación como si estuviese bailando un vals–. Te puedo prestar las sandalias negras. Y los pendientes de lágrimas con el collar a juego. No son diamantes de verdad, pero no se nota.

–No voy a ponerme ese vestido –insistió Jenny.

–¿Por qué no?

–¿Quieres que te haga una lista de razones?

–Venga ya –le dijo Emily, intentando convencerla–. Vive un poco, niña. Estarás preciosa. Y seguro que Mitch se fija en ti.

–Pareceré una tonta.

Jenny no quería llamar la atención delante de sus amigos y vecinos de Royal, Texas, queriendo parecerse a una diva de Manhattan.

–Mi vestido negro no tiene nada de malo –añadió.

Era su eterno favorito: un vestido de punto negro, sin mangas y con escote cuadrado que le llegaba a las rodillas. Lo combinaba con un chal también negro al cuello. Era perfecto, clásico y chic al mismo tiempo.

–¿Y cuántas veces te ha visto Mitch Hayward con ese vestido?

–Un par de ellas –admitió Jenny.

Aunque a Mitch le daba igual lo que llevase puesto. Quería llevar de su brazo a una mujer que no fuese complicada, que lo ayudase a que el evento funcionase. A su jefe le gustaba tener controlados a los miembros del Club de Ganaderos de Texas. Se enorgullecía de acordarse de detalles de las vidas de todo el mundo y Jenny sabía que ella lo ayudaba mucho en eso.

–Has estado enamorada de él desde que tenías doce años –le recordó Emily.

–Fue un enamoramiento de adolescente –comentó Jenny–. Mitch se marchó de la ciudad cuando yo tenía solo dieciséis años.

Mitch Hayward, que había jugado de *quarterback* en el equipo del instituto había ido a la universidad en Dallas con una beca para jugar al fútbol americano. Los dos primeros veranos había vuelto a trabajar en Royal, pero después se había dedicado a su carrera deportiva. Hasta el año anterior, cuando una lesión de hombro lo había llevado de vuelta a casa.

–Hace doce meses que volvió –le dijo Emily.

–¿Tanto tiempo? –preguntó ella, fingiendo que no se acordaba de la fecha exacta, de la hora exacta y del minuto exacto en que Mitch Hayward había vuelto a Royal–. Supongo que el tiempo pasa volando.

Jenny suspiró y supo que tenía que darle algo de realidad a aquella situación.

–No voy a hacer el ridículo arreglándome para él.

–En ese caso, arréglate por Rick Pruitt y Sadie Price –le sugirió Emily, refiriéndose a los novios.

–Como si fuese a importarles lo que yo lleve puesto –dijo Jenny.

Rick había ido a Houston en el mes de julio a buscar a Sadie y a sus gemelas de dos años y llevarlos de vuelta a casa, así que la pareja solo tenía ojos el uno para el otro.

Emily la agarró del brazo y le dijo en tono melodramático:

–Es ahora o nunca, Jen.

–Ahora o nunca, ¿el qué?

–Llevo un año viéndote suspirar por él. O haces algo con Mitch, o empiezas a salir con otros.

–No suspiro por él.

Pero mientras Emily le decía la cruda realidad, Jenny notó que se le encogía el estómago y le costaba trabajo respirar. Llevaba todo un año intentando ignorar la atracción que sentía por Mitch, diciéndose que era un enamoramiento de adolescente que ya estaba superado.

–Vas a cumplir los treinta –le recordó Emily.

–Y tú.

–Es verdad. Y tengo un plan.

–¿Un plan para cumplir los treinta?

–Un plan de vida –le respondió Emily poniendo gesto soñador y mirando hacia la ventana que había detrás de Jenny–. Si no conozco a un hombre, al hombre…

Luego frunció el ceño, entrecerró los ojos.

–Bueno, al menos a un hombre que pueda ser el hombre, antes de mi cumpleaños, que es el mes que viene, tendré un hijo sola –anunció.

Jenny se incorporó, sorprendida. No podía creer lo que acababa de oír.

–¿Quieres ser madre soltera? ¿Es una broma? ¿Tienes idea...?

–Quiero tener hijos.

–Y yo sé por experiencia propia lo mal que puede salir eso.

–No estamos hablando de tu niñez –dijo Emily, mirándose el reloj y poniéndose en pie–. De hecho, estamos hablando de la boda de esta noche. Y te digo que si yo sintiese algo por un hombre como Mitch, y lo tuviese cerca, haría algo al respecto.

–Pues yo no.

–Yo sí –insistió Emily–. Venga, Jen. ¿Qué te juegas? Si no se fija en ti, no pasará nada. Solo te habrás puesto un vestido bonito para la boda de unos amigos. Pero si se fija en ti, será otro tema.

–Si no se fija en mí –empezó Jenny, diciéndose a sí misma que estaba discutiendo por discutir, porque no se iba a poner el vestido–, entonces, todo habrá terminado.

Emily la miró con pena.

–Y si no se fija en ti y todo termina. ¿No prefieres saberlo cuanto antes?

Jenny empezó a negar con la cabeza, pero se detuvo. ¿De verdad quería pasarse otro año, o dos o tres, deseando a un hombre al que no le interesaba lo más mínimo? ¿Prefería mantener viva la fantasía o enfrentarse a la realidad, por mucho que le doliese?

–Si no le gustas, Jen, podrás seguir con tu vida. Tienes que seguir con tu vida.

Jenny consideró sus opciones, pero a pesar de intentar mantenerse fría, la emoción la invadió. Se le aceleró el pulso y notó calor, y tuvo que admitir en silencio que Emily tenía razón.

Tal vez fuese «ahora o nunca».

Respiró hondo y se levantó de la cama para quitarle el vestido a su amiga de las manos.

–No puedo creer que vaya a hacerlo.

–Lo primero, dúchate –le advirtió Emily, recuperando el vestido–. Y depílate las piernas. Tenemos exactamente dos horas para transformarte.

–No voy...

Emily la empujó suavemente hacia el baño.

–Por supuesto que sí.

Cuando Emily terminó de peinarla y maquillarla, de ayudarla a ponerse el vestido y algunas joyas, Jenny estaba hecha un manojo de nervios. Su amiga le había dicho que no iba a permitir que se mirase al espejo hasta que no hubiese terminado con ella, y Jenny estaba de pie en el centro de la habitación, balanceándose sobre unas sandalias de altísimo tacón. El vestido le acariciaba los muslos y acababa de avanzar a través de una neblina de carísimo perfume.

Emily retrocedió para contemplarla.

–¿Estás lista?

–Hace tres horas que lo estoy.

Emily sonrió de oreja a oreja.

–Estás increíble.
–Me voy a caer con tanto tacón.
–Ya verás como no.
–Odio ponerme las lentillas.
–Aguántate. Va a merecer la pena.
–Con el vestido negro habría ido bien.
–El vestido negro no podría cambiarte la vida.

Jenny frunció el ceño. A nadie le iba a cambiar la vida esa noche. Mitch no iba a verla de repente en el Club de Ganaderos de Texas y se iba a dar cuenta de que hasta entonces no había visto a la verdadera Jenny, ni iba a correr a tomarla entre sus brazos.

Eso no iba a ocurrir jamás. Y la idea la deprimía.

–Allá vamos –anunció Emily, abriendo la puerta del armario para que Jenny pudiese verse en el espejo de cuerpo entero.

Jenny miró el espejo y parpadeó sorprendida. La mujer que había en él no se parecía en nada a ella.

–Aquí pasa algo –le dijo a su amiga.
–¿El qué?
–Que esa no soy yo.
–Por supuesto que eres tú –respondió Emily riendo.

Jenny cambió de ángulo. Las sandalias le alargaban las pantorrillas, morenas porque llevaba todo el verano yendo a nadar al lago. Su cuello parecía más largo de lo habitual, sus brazos, más elegantes, y su gruesa melena rubia rojiza recogida se veía realzada por los pendientes de Emily. Sus pestañas artificialmente alargadas aletearon sobre sus ojos verdes.

Aquel vestido realzaba al máximo su escote. Y el llevar un hombro desnudo le daba un toque muy sexy. Su cintura parecía más delgada de lo habitual y no sabía por qué. Tal vez fuese el corte de la falda, o el modo en que el corpiño le acentuaba los pechos.

Se puso a sudar de nervios.

–No puedo salir así.

–¿Por qué? ¿Te da miedo parar el tráfico?

–Me da miedo que me hagan proposiciones deshonestas.

–Pareces una estrella de cine, no una prostituta.

–Pues me siento como una prostituta.

–¿A sí? ¿Y qué es lo que siente una prostituta? Emily sacó un pequeño bolso de fiesta de un cajón y tomó el bolso de Jenny, que estaba encima del banco que había debajo de la ventana.

–A mí no me hace gracia –comentó Jenny, presa del pánico.

Emily la había maquillado muy bien y estaba muy guapa, pero no podía salir de casa de su amiga así. Todo Royal hablaría de ella durante meses.

–Me tengo que cambiar.

–No hay tiempo.

–Claro que...

–Si no te marchas ahora mismo, la novia llegará a la iglesia antes que tú –le dijo Emily mientras trasladaba algunas cosas del bolso de su amiga en el bolso de fiesta.

–Lo digo en serio.

–Y yo.

Emily le dio su bolso y las llaves del coche.

–Te tienes que ir.

–Pero...

–¿Quieres llegar tarde?

–Por supuesto que no.

Jenny estaba orgullosa de ser una persona meticulosamente puntual. Y aunque no lo hubiese sido, jamás insultaría a un miembro del club llegando tarde a su boda.

Emily la empujó con suavidad hacia la puerta.

–Pásalo bien, Cenicienta.

Mitch Hayward iba a llegar tarde. Y tenía que ser precisamente ese día, a ese evento. Seguro que cuando llegase al aparcamiento Rick y Sadie ya habían llegado al Club de Ganaderos de Texas y el sacerdote los estaba declarando marido y mujer.

Vio el club a lo lejos, entre los robles, y una limusina blanca justo delante de él en la carretera. Tenían que ser Sadie y sus damas de honor. Pisó el acelerador y adelantó a la limusina con la esperanza de que Sadie lo perdonase por la maniobra.

Se detuvo con brusquedad en el aparcamiento del club, salió corriendo del coche y subió las escaleras a toda prisa.

Su ayudante, Jenny Watson, lo estaba esperando en la puerta de entrada.

Solo se dio cuenta de que iba vestida con un atrevido vestido de color burdeos antes de agarrarla del brazo y llevarla hacia dentro.

–¿Qué te ha pasado? –le preguntó Jenny, apresurándose para poder seguirle el paso.

–Una bandada de flamencos –respondió él, buscando con la mirada alguna silla libre.

–¿Qué?

Mitch vio dos sillas al otro lado del salón decorado con flores y velas, y fue directo hacia ellas.

–Esos flamencos de plástico para recaudar fondos –le susurró, haciendo caso omiso de las miradas reprobadoras–. Los han dejado en mi jardín.

Plantificó a Jenny en una silla y se sentó él también justo cuando cambiaba la música del piano y todas las cabezas se giraban para ver entrar a la primera dama de honor.

Las damas iban muy guapas con sus vestidos de color lila, pero fueron las hijas gemelas de Sadie y Rick, de dos años, las que se llevaron todo el protagonismo. Iban iguales, con vestidos color marfil de encaje adornados con lazos lilas. Llevaban flores en el pelo e iban echando a su paso puñados de pétalos de rosa de todos los colores.

El pianista empezó a tocar entonces la marcha nupcial y los invitados se pusieron de pie para recibir a Sadie, que estaba increíble con un vestido blanco, el pelo adornado con flores y una trémula sonrisa en el rostro. Mitch no era nada romántico, pero no pudo evitar sentirse feliz por la pareja que, después de haber pasado por tantas cosas, estaba tan enamorada e iba a formar una familia junto a sus dos hijas.

Cuando el sacerdote los convirtió en marido y mujer, los invitados aplaudieron de manera espontánea. Y cuando Rick besó a la novia casi todas las mujeres, e incluso alguno de los hombres, estaban con los ojos humedecidos de la emoción y sonreían de oreja a oreja. Los flashes de las cámaras de fotos los salpicaron mientras Rick y Sadie, cada uno con una niña en brazos, volvían a recorrer el pasillo central del salón hacia la puerta.

–Qué bonito –comentó Jenny, metiendo un pañuelo en el bolso.

–Es imposible no sentirse feliz por ellos –respondió Mitch.

Ella le dio un codazo en las costillas.

–¿Qué ha pasado, se ha alargado el partido?

–Lo siento –se disculpó él, recordando lo mucho que le había costado salir de casa con todos los flamencos por el medio.

Aunque en realidad se le había hecho tarde porque un amigo del fútbol, Jeffrey Porter, con el que había jugado en los Tigres de Texas, lo había llamado desde Chicago para contarle que su novia, con la que llevaba dos años saliendo, lo había sorprendido con otra y había puesto fin a su relación.

A Mitch le sorprendía que su novia no se hubiese dado cuenta mucho antes, pero era su amigo y sentía que tenía el deber de apoyarlo.

–¿Qué ha pasado? –le preguntó Jenny mientras los primeros invitados empezaban a salir del salón.

–Sobre todo, lo de los flamencos –repitió Mitch, utilizándolo como excusa–. Es evidente que alguien ha pagado para que los traigan a mi jardín.

Ella lo miró con escepticismo.

–¿Te han atacado?

Él la miró de nuevo. Estaba distinta. Intentó dar con el quid de la cuestión.

–Me he llevado a uno por delante –gruñó.

Había salido con mucha prisa después de haberse entretenido hablando con Jeffrey y había pillado con el coche uno de los flamencos. Esperaba que no le hubiese estropeado la pintura del Corvette.

–¿Y le has hecho daño? –preguntó Jenny sin cambiar el gesto.

Era evidente que el incidente le resultaba gracioso.

–Sigue vivo –le respondió él–. Ya sabes que habría hecho la donación aunque no me hubiesen traído esos pájaros.

La persona a la que le dejaban los flamencos

en el jardín estaba obligada a hacer una donación para que se los llevasen al jardín de otro.

–Con que me hubiesen llamado por teléfono para pedírmelo habría sido suficiente –añadió.

Siempre había apoyado a la casa de acogida para la que se estaba recaudando el dinero y no le habría importado hacer otra contribución.

–Los flamencos son más divertidos –le contestó Jenny, girándose al ver que las personas que estaban en su fila empezaban a salir–. Te ayudaré a escoger a la siguiente víctima. Tal vez puedan dejarlos en el jardín de Cole.

Cole Maddison era amigo y vecino de Mitch, además de miembro de la junta del Club de Ganaderos de Texas, y tenía mucho dinero.

–Claro –respondió él ausente, intentando descifrar por qué estaba distinta esa tarde.

Las gafas. No llevaba las gafas.

Eso no era normal en Jenny.

Se preguntó si se le habrían olvidado o si había decidido que la boda era un buen momento para ponerse las lentillas. Aunque sabía que no le gustaban.

Jenny empezó a andar y él se fijó en el vestido corto. Eso tampoco era habitual en ella. Normalmente llevaba faldas por la rodilla, o pantalones, camisa y chaqueta. No podía ser más conservadora vistiendo. Y eso le iba bien a su personalidad, precisa y meticulosa. Pero para la boda se había puesto un vaporoso vestido color burdeos que le acariciaba los muslos. Y llevaba un hombro desnudo. Además de los llamativos pendientes.

¿Qué estaba pasando?

–¿Jenny?

Ella se giró.

Mitch se quedó sin habla al verla de cuerpo entero. ¿Qué le había ocurrido a su eficiente y seria ayudante?

–¿Sí?

–Nada.

Mitch echó a andar con el resto de la gente, avergonzado por la reacción que le estaba produciendo el cambio de Jenny. Podía vestirse como quisiera para una boda y él no tenía ningún derecho a comérsela con la mirada.

Atravesaron las puertas dobles y salieron a la parte trasera del club, donde estaban los extensos jardines. Cuando Mitch se detuvo en la barandilla de la galería, Jenny siguió andando y bajó las escaleras que daban al césped. Le sorprendió que no se quedase a su lado, como solía hacer siempre. Tal vez quisiese hablar con algún miembro del club, o con alguna amiga.

Como presidente en funciones, había estado al corriente de los preparativos de la boda desde hacía semanas. Hacía un par de días que habían colocado una enorme carpa por si llovía, pero aquel primer lunes de septiembre, Día del Trabajo, hacía una tarde cálida y despejada. En el cenador había una banda de música y se había instalado una pista de baile temporal en la loma que daba al estanque. En el césped habían colocado mesas cubiertas con manteles blancos y algunos calefactores para que los invitados no pasasen frío cuando se pusiese el sol.

Los invitados se fueron agrupando delante del club para hacerse fotografías. A pesar de la distancia, Mitch se percató de la tensión que había entre una de las damas de honor, Abigail Langley y el testigo del novio, Brad Price. Abigail, que había estado casada con el último descendiente del fundador del club, era la única mujer miembro del club.

Todo el mundo sabía que a Brad no le gustaba el cambio y había hecho muchas bromas al respecto, pero a Abigail no le habían hecho gracia y había decidido disputarle el puesto de presidente del club. Mitch tenía la sensación de que Abigail intentaba evitar a Brad, pero esa tarde no podría hacerlo.

Recorrió el jardín con la mirada y pronto vio a Jenny, que estaba charlando cerca de las mesas con Cole Maddison. La vio reír y apoyar la mano en el brazo de su amigo y, sin saber por qué, sintió celos.

Era ridículo. Que no le hubiese conocido ningún novio a Jenny no quería decir que no saliese con hombres. Y si le gustaba Cole y a Cole le gustaba ella...

Empezó a bajar las escaleras para dirigirse hacia ellos.

–Hola, Mitch –lo saludó Cole al verlo llegar.

Él le devolvió el saludo con la cabeza.

Jenny ni siquiera lo miró.

–Bonita ceremonia –comentó Mitch, preguntándose por qué se sentía incómodo.

–No sé si Brad va a sobrevivir toda la noche –dijo Cole, mirando hacia donde estaba este, vestido de esmoquin.

Abigail lo estaba fulminando con la mirada.

–Es una fiera.

–Disculpadme un momento –dijo Jenny alejándose.

Mitch la siguió con la mirada. Y Cole hizo lo mismo.

–Está tremenda –comentó Cole.

–¿Qué? –preguntó Mitch, apartando la vista de las bronceadas piernas de Jenny para mirar a su amigo.

La expresión de Cole era de incredulidad.

–Me refería a Jenny. Hoy está impresionante.

–Lleva un vestido bonito, sí –admitió Mitch.

Al fin y al cabo, era Jenny, su sensata, eficiente y profesional ayudante.

–Es una mujer increíble –continuó Cole–. Me preguntó por qué se saca tan poco partido normalmente.

Mitch frunció el ceño.

–Yo no diría que se saca poco partido. A mí me parece que siempre va vestida de manera muy profesional.

–No pretendía insultarla, pero tienes que admitir que hoy está impresionante.

Lo que era impresionante era que Mitch no pudiese apartar la mirada de ella.

–A lo mejor le pido que baile conmigo –le dijo Cole.

–¿Con qué intenciones? –inquirió Mitch sin poder evitarlo.

–¿Con qué intenciones? –repitió su amigo–. ¿Qué eres, su carabina?

–Jenny es una buena chica. Que se haya puesto un vestido bonito no quiere decir que esté disponible.

Nada más decir aquello, Mitch se dio cuenta de que era ridículo. Jenny podía bailar con quien quisiera, no era asunto suyo. Como tampoco lo era con quien saliese o se acostase. Solo era su jefe, no su guardián.

Cole lo miró con cautela.

–¿Tienes tú alguna intención con ella?

–No, claro que no. Somos colegas. La veo todos los días en el trabajo.

Solo tenían una relación profesional, nada más.

–Pero no la ves así –murmuró Cole.

–Deja de obsesionarte con Jenny.

–¿Yo? –dijo Cole riendo–. Eres tú el que no aparta los ojos de ella.

Mitch se dio cuenta de que estaba observándola otra vez, maravillado con su gracia y elegancia.

Volvió a mirar a Cole, que sonreía burlón.

–Ten cuidado –le advirtió.

Cole tomó una copa de champán de la bandeja de un camarero y Mitch lo imitó.

–Admítelo, te gusta –dijo Cole.

–Me gusta cómo trabaja –respondió Mitch.

Y eso era lo único que le importaba, por muy tentadora que estuviese esa noche.

Capítulo Dos

La noche había sido un completo fracaso para Jenny.

Mitch no se había vuelto loco con su nuevo *look*. Casi ni se había fijado en ella y no le había pedido bailar ni una sola vez. Durante la cena, los brindis y los discursos, el pastel y, por fin, el baile, Jenny había ido deprimiéndose cada vez más.

La novia había lanzado el ramo y la pareja de recién casados se había marchado ya hacia su luna de miel, y ella iba a marcharse a casa a quitarse las horquillas y las lentillas, a lavarse la cara y preparar el vestido para llevarlo a la tintorería antes de devolvérselo a Emily. No quería volver a verlo en la vida.

Salió al aparcamiento y buscó las llaves del coche en su minúsculo bolso.

Y pensar que al principio de la tarde se había sentido guapa. Se había dejado llevar por el optimismo de Emily. Y luego, mientras veía entrar a la novia al lado de Mitch, se había sentido un poco como Cenicienta.

Encontró las llaves y atravesó el aparcamiento con los pies doloridos. Tenía el coche aparcado debajo de una de las múltiples farolas y enseguida se dio cuenta de que algo no iba bien. Las luces brillaban suavemente.

Abrió la puerta del conductor y vio que se había dejado las luces encendidas. Las apagó con el ceño fruncido, porque todavía era de día cuando había llegado allí, y se sentó detrás del volante. Cerró la puerta y metió la llave en el contacto.

–Venga –murmuró, conteniendo la respiración mientras la hacía girar.

El motor hizo un ruido, pero el coche no arrancó.

Jenny juró entre dientes.

Lo intentó una vez más, pero nada. Y golpeó el volante con ambas manos, frustrada.

No tenía ganas de esperar un taxi. Y, además, tendría que volver allí al día siguiente para recuperar el coche. Porque, aunque era día laborable y tenía que trabajar, había decidido que llamaría para decir que estaba enferma y se pasaría todo el día metida en la cama, compadeciéndose de sí misma. Como mucho, se comería una tarrina entera de helado y vería una película romántica de esas que hacían llorar.

Tomó el bolso y fue a abrir la puerta, pero entonces se dio cuenta de que había un papel en el salpicadero que no había estado allí al llegar.

Confundida, lo tomó y lo desdobló. Se echó hacia delante para leerlo bajo la luz de la farola: «Mañana me darás las gracias, Emily».

Jenny no podía creerlo.

¿Su mejor amiga le había saboteado el coche? ¿Se había vuelto loca?

Alguien golpeó la ventana y Jenny se sobresaltó.

–¿Estás bien? –le preguntó Mitch.

Jenny arrugó el papel que tenía en la mano.

Él le abrió la puerta.

–Estoy bien –le respondió, con la esperanza de que se marchase y la dejase en paz.

–¿Tienes algún problema con el coche?

Ella negó con la cabeza sin mirarlo. Solo quería volver a casa, alejarse de Mitch y de los humillantes recuerdos de aquella noche.

–He visto que no arranca. ¿Quieres que le eche un vistazo?

–Está bien –insistió ella.

Mitch guardó silencio un momento.

–¿Estás enfadada conmigo?

–Por supuesto que no –le mintió Jenny.

–No te funciona el coche, Jenny.

Ella cerró los ojos.

–Ya lo sé. Estoy cansada. Iba a llamar a un taxi.

–No seas ridícula. Abre el capó.

Ella lo miró.

–No vas vestido para hacer de mecánico.

Mitch se miró la camisa blanca y la corbata de seda.

–Tienes razón –admitió, tendiéndole la mano–. Ven. Te llevaré a casa.

Jenny recorrió el aparcamiento con la mirada, buscando desesperadamente a alguien que pudiese sacarla de aquel aprieto. Lo último que quería en esos momentos era pasar más tiempo en compañía de Mitch después de que este no se hubiese fijado en ella. Pero no había nadie para salvarla.

–Volveré dentro –empezó.

–¿Quieres parar ya?

Mitch la agarró de la mano y la sacó con cuidado, pero con firmeza, del coche.

Ella tomó su bolso y salió. Y Mitch cerró la puerta con fuerza, como si estuviese molesto. Ella también lo estaba. Había esperado que al menos le hiciese algún cumplido, aunque no se hubiese quedase maravillado con su nuevo aspecto.

Mitch no le soltó la mano.

–Por aquí.

Jenny vio su reluciente Corvette aparcado cerca del jardín delantero.

–Ahí no se puede aparcar.

–Llegaba tarde. Mañana pagaré la multa –dijo él, abriéndole la puerta–. Entra.

Ella contuvo un suspiro y se apoyó en el asiento de cuerpo para meter un pie en el coche, y estuvo a punto de perder el equilibrio.

Mitch la agarró por la cintura y Jenny notó su pierna en el trasero.

–Estoy bien –protestó.

–Estás enfadada –respondió él con cierto humor.

–¿Me sueltas?

A Jenny se le había acelerado el pulso en cuanto Mitch la había tocado. Tenía calor en la cara y, de repente, le temblaban las rodillas. Se sentó en el coche.

Él la soltó y Jenny se alisó la falda. Bajó la vista y vio que se le había bajado el vestido en la parte del escote, se lo subió también.

Mitch se había quedado observándola, con la puerta todavía abierta, pero ella se negó a mirarlo. Seguro que se estaba riendo de su torpeza.

Después de unos segundos, Mitch cerró la puerta y fue hacia el otro lado del coche. Se sentó detrás del volante sin decir palabra, arrancó el motor y salió despacio del aparcamiento.

Aumentó la velocidad al salir a la calle y siguieron en silencio.

Kilómetro y medio después dejaron River Road para tomar un atajo por Rooster Lane, un camino de gravilla llenó de baches. Teniendo en cuenta lo mucho que apreciaba Mitch su coche, si había tomado aquel camino solo podía ser porque tenía prisa por deshacerse de ella.

Tanto mejor.

Ella también estaba deseando llegar a casa.

Entonces, Mitch salió del camino bruscamente y detuvo el coche en una zona de hierba que había debajo de unos robles.

–¿Qué haces? –le preguntó Jenny confundida y sorprendida, preguntándose si le pasaría algo al coche.

No era posible que Emily lo hubiese saboteado también.

Él se giró y apoyó el brazo en su asiento.

–Dímelo, Jenny. ¿Qué te pasa?

La pregunta la pilló desprevenida, pero no tardó en reaccionar.

–Que estoy cansada y tengo ganas de llegar a casa.

En cierto modo, era verdad.

–Has estado muy rara toda la noche –insistió él.

–No –respondió ella, agarrándose las manos en el regazo.

–Ni siquiera has bailado conmigo.

La acusación le aceleró el pulso a Jenny.

–Y tú ni siquiera me lo has pedido.

–¿Tenía que pedírtelo?

–Es lo tradicional.

–Ni que te hiciesen falta bailarines –replicó él.

Ella se giró a mirarlo.

–¿Qué se supone que significa eso?

–Significa que... tal y como vas vestida esta noche, tenías cola para bailar contigo.

–Menos mal que alguien se ha fijado.

A ella le brillaron los ojos y hubo un momento de tenso silencio.

–¿Piensas que yo no me he fijado en ti?

Jenny no supo cómo responder a aquello. Si Mitch se había fijado en ella, lo había disimulado muy bien.

–¿Piensas que no me he fijado en ti? –repitió él en voz más alta.

Y Jenny tuvo la sensación de que el coche encogía.

–No me has dicho nada –le contestó, haciendo un esfuerzo para no apretarse contra la puerta.

–¿Y qué querías que te dijese? –le preguntó Mitch inclinándose hacia ella–. ¿Que tus ojos parecen esmeraldas sin las gafas? ¿Que tienes unas piernas muy sexis? Que, por cierto, deberías enseñar con más frecuencia.

Su hombro rozó el de Jenny, que sintió un escalofrío.

Él bajó la voz todavía más.

–¿Que esas sandalias parecen hechas para mantener a un hombre despierto toda la noche? ¿Que llevo toda la velada observando ese mechón de pelo que te cae sobre la frente, deseando acariciarlo?

Jenny no podía moverse. No podía respirar.

Él alargó la mano y le tocó el pelo.

–¿O que ese pintalabios rojo parece suave y delicioso?

Mitch le puso la mano en la nuca, enterró los dedos en su pelo y se inclinó todavía más, a cámara lenta.

Y entonces la besó.

Jenny sintió calor por todo el cuerpo. Le picaba la piel y tenía un cosquilleo en el estómago. Y su cuerpo se acercó al de él.

Mitch separó los labios y profundizó el beso. La abrazó por la cintura con el brazo que tenía libre y le acarició los labios con la lengua.

Ella los separó y permitió que la invadiese, sintiendo nuevas olas de deseo por todo el cuerpo. Gimió y se aferró a sus anchos hombros mientras todo giraba a su alrededor.

Entonces él rompió el beso y apoyó suavemente la frente contra la suya.

–Ah –fue lo único que Jenny acertó a decir.

Él se apartó y cerró los ojos durante unos segundos.

–Lo siento.

–No pasa nada –dijo ella, alisándose de nuevo el vestido.

Aunque en realidad pensaba que había sido increíble.

Se había fijado en ella.

Se había fijado en ella y la había besado.

Y cómo la había besado.

Nunca, en toda su vida, la habían besado así.

Mitch quitó el freno de mano y puso el Corvette en marcha.

Tomó el camino de gravilla y continuó hacia la casa de Jenny, que estaba al lado del lago Frost.

Ella no supo qué decir ni qué hacer.

Mitch entró en el pequeño camino que había delante de la casa de Jenny, confundido y todavía excitado, y apagó el motor. Abrió la puerta y dio la vuelta al coche para ayudarla a salir.

Habían pasado diez minutos desde que la había besado y ninguno de los dos había articulado palabra, pero él se había hecho una docena de reproches en silencio. ¿Cómo había podido besarla? Jenny era una buena chica, una chica estupenda, maravillosa, y trabajaba para él.

No era una de esas mujeres sofisticadas a las que conocía en una fiesta en Nueva York o Los Ángeles y que solo querían pasar la noche con un jugador de fútbol famoso. Jenny era una mujer honesta, sencilla, y él era un cerdo por haber cedido a sus instintos más básicos.

Abrió la puerta y se obligó a concentrarse en las copas de los árboles, en la luna que brillaba en el horizonte y en el contorno de la pequeña casa. Cualquier cosa con tal de no volver a mirar a Jenny.

Sabía que tenía que marcharse de allí lo antes posible, pero la luz del porche estaba apagada y el caballero que había en él no podía dejarla sola y a oscuras. Le ofreció el brazo con la mirada al frente y subió a su lado las escaleras de piedra que había en el jardín.

Atravesaron el porche y entonces Jenny se detuvo y se giró a mirarlo.

–Estoy... –empezó.

Y Mitch cometió el error de mirarla a los ojos.

Eran de un verde opaco y, bajo la luz de la luna, vio que tenía los labios rojos y todavía inflamados del beso que le había dado. Estaba un poco despeinada, le brillaba el escote y sus piernas parecían no terminar nunca, aunque lo hacían en aquellas increíbles sandalias. Mitch gimió y se inclinó para volverla a besar.

Ella ladeó la cabeza para recibirlo, separó los labios, respondió a las caricias de su lengua e incluso lo abrazó por el cuello.

Él la agarró por la delgada cintura y la apretó contra su cuerpo, notando sus generosos pechos contra el suyo y excitándose todavía más. Le acarició el pelo y le quitó la horquilla que lo sujetaba para dejárselo suelto.

Luego la besó en la frente, en la oreja, en el cuello, y fue bajando hacia el hombro desnudo.

–Mitch –dijo ella, respirando con dificultad.

Él se apartó y la miró a los ojos. Estaba ruborizada, tenía los labios entreabiertos y el pelo le brillaba de tal manera que parecía un halo.

«Márchate», se ordenó a sí mismo. «Vete ahora mismo».

Pero Jenny le puso una llave en la palma de la mano.

Sin pensárselo, abrió la puerta, la tomó en brazos y la llevó dentro. Cerró la puerta tras de ellos y atravesó el pasillo en dirección al dormitorio.

Una vez allí, la dejó en el suelo con cuidado.

–Jenny – dijo en un susurro, recordándose a sí mismo con quién estaba e intentando convencerse una vez más de que tenía que hacer lo correcto.

Pero ella se puso de puntillas y lo besó apasionadamente, y Mitch estaba tan acostumbrado a no controlarse que no iba a ponerse a hacerlo en esos momentos. Le acarició los pechos por encima del suave vestido. Ella le apartó la chaqueta del traje y le acarició la espalda.

Mitch se quitó la chaqueta y la dejó caer al suelo. Metió un muslo entre los de ella y la oyó dar un grito ahogado.

Jenny empezó a quitarle la corbata y él cedió a la tentación y le bajó el único tirante que tenía el vestido.

Los movimientos de ambos empezaron a ser cada vez más rápidos, más frenéticos.

Ella tiró de la camisa para abrírsela y él encontró la cremallera del vestido, que estaba en la espalda. Y unos segundos después estaban pecho con pecho, piel con piel, besándose apasionadamente.

El vestido cayó al suelo. Mitch vio las minúsculas braguitas, que eran del mismo color que las sandalias, y estuvo a punto de perder el control. Se quitó el resto de la ropa y tumbó a Jenny en la cama, perfectamente hecha.

Esta no paraba de moverse debajo de él, lo acariciaba, lo besaba y gemía. Le clavó las uñas en la espalda mientras él la besaba en los labios, en el cuello, en los pechos, y le acariciaba los muslos. Le quitó las braguitas con impaciencia y ella dio un grito ahogado, luego gimió y se arqueó contra sus dedos.

Mitch la besó apasionadamente y le acarició con fuerza los pezones.

Cambió de postura y ella lo abrazó con las piernas y arqueó las caderas, invitación que no pudo rechazar.

Tomó sus pantalones y sacó de ellos un preservativo antes de que la razón le hiciese cambiar de opinión. Y entró en su exquisito calor, deseando que aquello durase eternamente.

Las almohadas cayeron al suelo. La cama se movió y las estrellas que brillaban a través de la ventana de la habitación se desdibujaron y desaparecieron del cielo.

Jenny gritó su nombre justo cuando él llegaba también al clímax. Respiró con dificultad y pasaron varios minutos antes de que recuperase la cordura.

Agotado, se tumbó de lado sin dejar de abrazarla.

Una vez más, no supo qué decir. No tenía ni idea. No lamentaba lo ocurrido, pero sabía que había cometido un gran error.

En vez de hablar, la apretó con fuerza contra su cuerpo hasta que se quedó dormida. Luego siguió abrazándola otra hora más.

Sabía que a la mañana siguiente tendría que enfrentarse a aquello, pero no tenía prisa.

No fue hasta que la luna ya estaba muy alta, y hasta que Mitch se dio cuenta de que corría el riesgo de quedarse dormido junto a Jenny, cuando se apartó de sus brazos y la tapó con las sábanas.

Le dio un beso en la frente, se vistió y la dejó durmiendo.

Capítulo Tres

A Jenny no le sorprendió amanecer sola. Su despertador sonó a la hora habitual de los martes. Mientras se duchaba, notó algunos dolores a los que no estaba acostumbrada, pero no le importó. Mitch se había fijado en ella.

Le daba un poco de vergüenza haberse acostado tan pronto con él, pero, de todos modos, no eran dos extraños. Y ambos eran adultos.

Se vistió de manera profesional para ir a trabajar y volvió a ponerse las gafas.

Tomó un taxi para ir al club. Desde allí llamaría al taller para que fuesen a recoger el coche.

Como de costumbre, llegó antes que Mitch. Preparó café, encendió el ordenador, revisó su contestador y el de Mitch por si les habían dejado algún mensaje durante el fin de semana y sacó los archivos pendientes del armario, clasificándolos por orden de prioridad.

Estaba leyendo los correos electrónicos cuando se abrió la puerta. Notó que se le encogía el estómago y levantó la vista para ver entrar a Mitch en el despacho.

Sonrió y se preguntó si debía ponerse de pie.

¿La abrazaría esa mañana? ¿La besaría? ¿O dejarían ese comportamiento para después del trabajo?

Mitch cerró la puerta y, cuando se dio la vuelta, tenía el ceño fruncido. Jenny dejó de sonreír.

–Buenos días –le dijo, estudiando su expresión.

¿Qué le pasaba? ¿Había algún problema del que ella todavía no se había enterado? ¿Habría ocurrido algo entre Abigail y Brad, que se disputaban la presidencia del club?

Vestido como siempre de traje y sin mediar palabra, Mitch se acercó a ella, que se puso en pie.

–¿Mitch?

–Te debo una disculpa –empezó este sin más preámbulo, fijando la vista en un punto detrás de su oreja izquierda–. Mi comportamiento de anoche fue completamente imperdonable.

¿Qué quería decir?

¿Se refería a que no había bailado con ella, a que no le había dicho ningún piropo o a que se había marchado de su casa a media noche sin despedirse?

–Me aproveché de ti y lo siento muchísimo.

Jenny se quedó confundida. ¿Se refería a lo ocurrido en su casa? Porque ella lo había deseado tanto como él.

–Se me fue la cabeza –continuó él, todavía sin mirarla a los ojos–. Tú te mereces algo mejor. A alguien mejor.

Ella pensó que no quería nada mejor. Lo quería a él.

Mitch la miró por fin.

–Espero que no te incomode seguir trabajando para mí. Haré todo lo posible para que nuestra relación profesional no cambie. ¿Puedes perdonarme, Jenny? ¿Podemos olvidar lo ocurrido?

Ella notó un peso en el pecho y le temblaron las rodillas. ¿Cómo iba a olvidar que habían hecho el amor?

Entonces se dio cuenta de la realidad.

A Mitch le había parecido que la noche anterior estaba guapa, sexy, deseable y disponible, y punto. No había ido más allá.

Se le escapó una carcajada y se llevó la mano a los labios.

Qué tonta había sido.

–¿Jenny?

Ella intentó guardar la compostura. Era fuerte, podía controlarse.

–De acuerdo –le dijo, sentándose de nuevo y volviendo a clavar la vista en el ordenador–. Seguiremos como siempre. Entendido. Ha sido un error. Cosas que pasan.

–¿Estás segura...?

–Estoy bien –respondió ella, obligándose a sonreír–. Si no te importa, me gustaría ver mi correo antes de tomarme el café. Van a venir del taller...

Se interrumpió, no quería hablar de nada relacionado con lo ocurrido la noche anterior. Estaba terminado y no quería volver a pensar en ello.

El teléfono sonó y ella descolgó el auricular y le dio la espalda a Mitch.

–Club de Ganaderos de Texas, ¿dígame?

–¿Qué pasó? –le preguntó Emily.

Jenny se ruborizó.

–¿Puedo llamarte luego?

–¿Está contigo?

–Sí.

–Entendido. Llámame en cuanto puedas, ¿de acuerdo?

Lo haría después de ir al cuarto de baño a vomitar.

Colgó el teléfono y miró fijamente la pantalla del ordenador. Las letras se volvieron borrosas.

Mitch seguía detrás de ella. Podía sentir su calor y oír su respiración.

Se tranquilizó y se giró a mirarlo.

–¿Algo más?

Parecía perdido, un poco confundido, algo anormal en Mitch Hayward.

–Lo siento, de verdad.

Jenny hizo acopio de dignidad.

–Ya me lo has dicho.

–Tal vez podríamos...

–No creo que sirva de nada hablar del tema.

–De acuerdo.

–Tú lo has dicho –continuó Jenny, girándose hacia el ordenador otra vez–. Nos olvidaremos de lo ocurrido y seguiremos como siempre.

Y ella empezaría a salir con otros hombres. Aquella tontería había durado demasiado tiempo. Iba a cumplir treinta años. Mitch no iba a formar parte de su futuro y ella estaba preparada para admitirlo.

Cuando por fin se marchó del despacho al final del día, Emily la estaba esperando en el aparcamiento, apoyada en su coche, impaciente. A Jenny le temblaron las piernas, pero supo que antes o después tendría que ver a su amiga.

–No me has devuelto la llamada –la acusó esta, poniéndose recta.

–Saboteaste mi coche –replicó Jenny.

El taller había ido a recargarle la batería a media mañana.

–Por una buena causa –le dijo Emily–. En serio, ¿quieres contarme qué pasó anoche?

–Mi vida no va a cambiar, de eso estoy segura –comentó Jenny mientras abría la puerta.

–¿Te insultó? ¿Te ignoró? ¿Qué pasó?

–Sube al coche –le dijo Jenny a su amiga.

Emily obedeció, se sentó y se puso el cinturón de seguridad.

–Cuéntamelo.

Jenny arrancó y salió del aparcamiento del club.

–Al principio pensé que no se había fijado en mí –empezó a contarle a Emily–. Todo era como siempre. Salvo que no me pidió que bailásemos.

Siempre me lo pide. Como si fuese una obligación. Dado que se supone que es mi pareja en los eventos a los que asistimos.

–Jen, te estás yendo por las ramas.

–Está bien. No me pidió que bailase con él –le contó ella con las manos sudorosas escurriéndosele del volante.

–Eso ya me lo he imaginado.

–Me enfadé y me marché. O sea, que el peinado, el vestido, el maquillaje y los tacones no sirvieron de nada. ¿No te parece normal que esté disgustada? ¿No crees que un hombre normal, con sangre en las venas, tendría que haberme pedido que bailase con él?

–Claro que me parece normal que estés disgustada. Y quiero que sepas que pienso que estabas muy guapa.

–Gracias. Yo también lo pienso. Me sentí como una tonta, pero estaba guapa.

Emily hizo una mueca y soltó una carcajada.

–Así que me marché. Fui a por el coche.

–Que yo había saboteado.

Jenny asintió.

–Que habías saboteado. Muchas gracias, por cierto.

–¿Funcionó?

–No sabes bien cómo.

–Lo sabía.

–Me llevó a casa. Y me acosté con él.

–Lo sa...

Emily se giró a mirarla.

–Espera un momento. ¿Qué?

–Que me acosté con Mitch.

Jenny se sintió orgullosa de poder contarle aquello en tono frío, como si no le afectase.

–¿Te has acostado con Mitch Hayward? –inquirió Emily casi gritando.

Jenny miró a su amiga y vio que su expresión era de incredulidad.

–¿No te parece bien?

–¿En la primera cita?

–En realidad no era una cita. Y si lo era, era por lo menos la décimo segunda, si cuentas las citas que no son citas. Es mejor que las cuente para sentirme un poco menos fresca, ¿no crees?

–Tú no eres una fresca.

–Me he acostado con un hombre en la primera cita.

–En la décimo segunda. Pensé que habías dicho que no te iba a cambiar la vida.

Jenny se saltó un stop y dio un grito ahogado al darse cuenta de lo que había hecho.

–Tal vez sea mejor que pares un momento el coche –le sugirió Emily preocupada.

–Sí.

Jenny se metió en el aparcamiento de la cafetería Royal, agarrando el volante con fuerza hasta que el coche se hubo detenido.

–¿Qué ha pasado? –le preguntó Emily en tono cariñoso. Al ver que no le respondía, apoyó una mano en su hombro–. ¿Jen?

–Esta mañana...

Jenny tragó saliva. No iba a llorar. Era una adulta y no iba a llorar por un cretino como Mitch.

–Al llegar al despacho –continuó–. Me dijo que lo sentía y que esperaba que pudiésemos olvidarlo y seguir como antes, como si no hubiese pasado nada.

–No me imagino a Mitch... ¿De verdad?

–Sí.

–¿Te ha dicho algo más?

–Que me merezco a un hombre mejor que él.

Emily guardó silencio.

Jenny creía saber lo que estaba pensando. Lo mismo que pensaba ella. Lo que pensaría cualquier persona adulta e inteligente.

–Sí –dijo en tono burlón–. Me ha dado la típica excusa, que no es por mí, sino por él...

–Vaya –susurró Emily.

–No puedo creer que haya sido solo una aventura de una noche. Habría apostado porque a mí eso nunca me ocurriría. No soy tan tonta.

–Por supuesto que no eres tonta –le aseguró Emily–. Yo tampoco habría imaginado que Mitch...

–Es una estrella del fútbol –le recordó Jenny, sintiéndose derrotada. Ojalá se hubiese acordado ella la noche anterior–. Es un personaje famoso. Seguro que es algo que hace con frecuencia.

–Pero no contigo.

–Pues ya lo ha hecho.

Emily apoyó la cabeza en el asiento.

–Es ridículo.

–Ya lo he superado.

–No, no lo has hecho.

–No me queda otra. Lo hablamos anoche. Y yo me prometí a mí misma que si no funcionaba, saldría con otros hombres. Y eso es exactamente lo que voy a hacer. Soñar con Mitch Hayward no me ha llevado a ninguna parte en el pasado ni va a hacerlo en el futuro. Me niego a ser tan incoherente.

Emily se incorporó y frunció el ceño.

–¿Estás segura?

–Completamente.

Nunca había estado tan segura de algo en toda su vida.

Emily le dio un golpe al salpicadero.

–Entonces, vamos.

–¿Adónde?

–A la boutique de Harper. Vas a necesitar ropa nueva.

Capítulo Cuatro

Después de un día de trabajo agotador y una terrible sesión de fisioterapia para el hombro lesionado, Mitch detuvo su Corvette delante del garaje de la casa que había alquilado. El dolor del hombro era fuerte, pero más fuerte era lo que Jenny le había dicho esa mañana.

«Ha sido un error. Cosas que pasan».

Como si no fuese la primera vez que le ocurriese. Como si él hubiese hecho el amor de aquella manera antes haberlo hecho con ella.

Había salido con muchas mujeres, pero nunca había sentido nada parecido a lo de aquella noche... con Jenny.

Salió de coche y utilizó el brazo izquierdo para cerrar la puerta, jurando porque su hombro no se estaba curando tan pronto como había esperado. Sabía que ya no tenía dieciocho años, pero estaba en una forma excelente y había hecho todo lo que los médicos y fisioterapeutas le habían dicho que hiciera.

Oyó pisadas y al levantar la vista vio a Cole, que vivía al otro lado de la calle, acercándose por el camino.

–Hola –lo saludó este.

Como vivían tan cerca, pasaban muchas noches juntos.

–Hola –le respondió Mitch.

–¿Qué tal tu hombro? ¿Va bien?

–Me recuperaré, pero el fisio es un sádico.

–Pobrecito.

Mitch gruñó.

–¿Me invitas a una cerveza? –le preguntó Cole.

–Claro –respondió Mitch mientras iba hacia la puerta de la casa.

Tenía ganas de beber, a ver si así aliviaba el dolor, aunque sabía que era un método peligroso.

Se preguntó si también era peligroso cuando el dolor era emocional y no solo físico.

–Anoche llevaste a Jenny a casa –afirmó Cole, siguiéndolo.

–¿Y? –dijo él, que no quería hablar del tema–. Se le estropeó el coche.

–Vi que lo había dejado en el aparcamiento del club.

Caso cerrado. No había nada de raro en que Mitch se ofreciese a llevar a casa a Jenny. No tenía que darle explicaciones a nadie.

Metió la llave en la puerta y la abrió. Recogió el periódico local del buzón y varias cartas y las dejó, junto con las llaves, en la pequeña mesa que había en el recibidor.

La casa estaba fresca y a oscuras. Mitch respiró aliviado. Tal vez esa noche se tomase alguna pastilla para el dolor. Tenía a sensación de que le iba a costar conciliar el sueño.

–Hoy he estado hablando por teléfono con Abigail durante una hora –le contó a Cole, cambiando de tema.

Se acercó a la ventana del salón y abrió las contraventanas. A esas horas ya no daba el sol.

–¿Sabe que están intentando chantajear a Brad? –preguntó Cole.

Eran pocas las personas que sabían que Brad estaba recibiendo notas anónimas.

–Todavía no. Por lo menos no me ha dicho nada al respecto. Me ha estado contando sus ideas acerca de la reforma del club.

–Sea lo que sea, saldrá antes o después.

–Apuesto a que antes –dijo Mitch abriendo la nevera para sacar dos cervezas–. Ese es el problema de los secretos.

–Sí, ese el problema de los secretos –repitió Cole, aceptando uno de los botellines y abriéndolo.

Mitch ignoró el tono serio de su amigo, abrió su botellín y fue hacia el porche trasero. Se sentó en un sillón a la sombra y levantó el brazo derecho para aliviar la tensión del hombro.

El porche daba al campo de golf de Royal. Había varias personas jugando.

La brisa balanceaba las hojas de los robles que había alrededor del campo y traía el olor a hierba recién cortada.

Cole se sentó.

–Secretos –dijo, antes de tomar un trago.

–¿Tú tienes alguno importante? –le preguntó Mitch a su amigo.

Cole sonrió.

–Creo que tú tienes uno.

–¿Sabes algo que yo ignore?

–Que llegaste a casa a las cuatro de la madrugada.

Mitch se quedó inmóvil y luego dijo en voz baja:

–Que yo sepa, tengo más de veintiún años.

–Estuviste con Jenny –continuó Cole.

Mitch se sintió interrogado. No quería mentir, pero tampoco quería manchar la reputación de Jenny, así que no respondió.

–¿Tú crees que fue buena idea? –le preguntó Cole.

Él notó que se le aceleraba el corazón.

–Creo que deberías ir pensando en zanjar esta conversación.

–Me preocupa Jenny.

–Jenny está bien.

–¿Cómo lo sabes?

Mitch se obligó a respirar hondo y a darle un trago a su cerveza para calmarse. Sabía que no debía haberla besado. Y que, tal y como se había sentido al hacerlo, no tenía que haberla acompañado hasta la puerta de casa, pero ya estaba hecho y no podía dar marcha atrás.

–¿Qué intenciones tienes? –le preguntó Cole.

–¿Es una broma?

–Te hablo en serio. Conozco a Jenny desde que era niña...

–¿Y acaso yo no?

–Yo no me he acostado con ella.

Mitch se puso en pie bruscamente y sintió dolor en el hombro. Odiaba discutir, sobre todo, sabiendo que no tenía la razón.

–Jenny es adulta. Hemos hablado esta mañana y...

–¿Y te ha dicho que está bien? –inquirió Cole, arqueando las cejas.

–Ha dicho que había sido un error y que son cosas que pasan.

–¿Y tú piensas que Jenny es así?

Mitch sabía que Jenny no era así.

Ambos guardaron silencio unos minutos.

–¿En qué piensas? –le preguntó Cole por fin.

–Ya la viste anoche –respondió Mitch, volviendo a sentarse.

–Pero aun así no me acosté con ella.

–Ni se te ocurra tan siquiera pensarlo –le advirtió Mitch sin saber por qué.

Cole lo miró divertido.

–Eso suena a celos. ¿Por qué no me dices otra vez que no quieres nada con ella?

Mitch sabía adónde quería ir a parar su amigo, pero lo suyo con Jenny no tenía futuro.

Jenny era una buena chica y él solo era humano.

–Ya sabes cómo soy.

Habían sido amigos desde el colegio.

–No eres el tipo que escogería para mi hermana, eso es evidente –admitió Cole.

–No tienes hermanas.

–Si la tuviera.

–Me voy a marchar de aquí después de las elecciones, o en cuanto tenga el hombro bien –añadió Mitch.

No tenían futuro.

Y Jenny se merecía a un hombre que pudiese darle un futuro.

–Anoche hablé con Jeffrey Porter –continuó, para dejar todavía más claro por qué no era adecuado para Jenny–. Su novia sabe que la ha engañado. Ya sabes.

Mitch había visto a sus compañeros hacer aquello una y otra vez. Algunos intentaban tener relaciones serias, pero todas fracasaban.

–No tienes que venderme la sordidez de los deportistas profesionales –le dijo Cole.

–Estoy intentando venderte mi propia sordidez. Voy a volver a ese mundo, Cole. Y no soy distinto de los demás.

–Entonces, no debías haberte acostado con Jenny.

Él sabía que se merecía que lo colgasen y lo degollasen por lo que había hecho. Los tipos como él no debían acercarse a chicas estupendas, cariñosas e indefensas.

***

Jenny estaba guardando un gran secreto que tenía que ver con su nuevo armario. Aunque se había puesto el traje de los viernes, de pantalón verde, con chaqueta a juego y su blusa verde agua favorita, debajo llevaba unas braguitas y un sujetador de encaje morados.

Junto con Emily, habían pasado todas las tardes de aquella semana de compras.

Y aunque nadie tuviese ni idea, ella se sentía un poquito más sexy. A su ego herido le venía muy bien. Tal y como Emily le había dicho esa noche antes de volver a casa, Mitch no sabía lo que se estaba perdiendo.

La puerta del despacho se abrió con fuerza y entró un cartero uniformado con una sobre de cartón en la mano.

–Un paquete para el señor Hayward –anunció, tendiéndole a Jenny el aparato en el que debía firmar.

Ella firmó.

–Gracias.

–Que tenga un buen día –dijo el hombre antes de marcharse.

Jenny abrió el sobre y vio dentro un sobre más pequeño en el que había cuatro entradas VIP para el partido de fútbol americano que tenía lugar esa noche en Houston. Los Tigres de Texas contra los Chicago Crushers.

Aquello le bajó los ánimos todavía más.

Como a cualquier buen texano, le encantaba el fútbol. Mitch había recibido invitaciones al menos tres veces anteriormente, y siempre la había invitado, pero eso se había terminado.

Junto a las entradas había una nota que decía: «El avión estará esperándote a las cuatro. Trae a alguien».

Estaba firmada por el amigo y compañero de equipo de Mitch, Jeffrey Porter.

–Jenny, por favor, puedes... –Mitch se interrumpió bruscamente.

Ella se sintió culpable, lo que era ridículo. Siempre abría el correo de Mitch.

–¿Son las entradas? –le preguntó él.

Jenny asintió y se las tendió junto al sobre y la nota como si todo fuese normal.

–Dice que el avión estará en el aeropuerto a las cuatro –le contó.

Y por un instante se preguntó a quién llevaría, pero se negó a seguir por ahí.

Se levantó y tiró el sobre de cartón a la papelera de reciclaje.

Oyó a Mitch detrás de ella, debía de estar leyendo la nota.

Volvió a su sillón y se sentó.

–¿A quién vas a llevar? –preguntó sin poder evitarlo.

Mitch se quedó inmóvil y tardó unos segundos en preguntar:

–¿Quieres venir a ver el partido, Jenny?

Ella respondió enseguida.

–Por supuesto que no. Eso sería una tontería.

–Puedes acompañarme si quieres.

Jenny levantó la vista para mirarlo.

–No quiero.

Se hizo el silencio.

Mitch la miró a los ojos y ella contuvo la respiración.

–¿Entiendes por qué no te convengo, verdad?

–Por supuesto.

No le convenía porque había cientos de mujeres ahí afuera deseosas de lanzarse a sus brazos.

Jenny pensó que era una tonta por haber creído que podía llamar su atención. No era una estrella del cine ni una súpermodelo.

–No tiene nada que ver contigo, sino solo conmigo –le aseguró él.

–No sé si sabes que esa frase es muy vieja.

–En este caso, es así. ¿Te importa si lo dejamos?

–Claro.

Jenny volvió a mirar la pantalla de su ordenador y fingió que reía un correo mientras esperaba a que él se marchase.

–No quería decir eso –comentó Mitch.

Ella le preguntó sin girarse:

–¿Y qué querías decir?

–Te estoy invitando a venir al partido.

–Y yo ya te he dicho que no.

Mitch golpeó el escritorio con el sobre.

–Le estás dando demasiada importancia a lo ocurrido.

Al oír aquello, Jenny se giró hacia él.

–Eres tú el que no se marcha.

–Porque te estás poniendo muy cabezota. Te encanta el fútbol. Ven y diviértete.

–Esta noche he quedado con Emily.

Iban a salir a cazar hombres. Esa noche y todos los viernes hasta que encontrasen a los adecuados.

–Pues tráetela –le sugirió Mitch.

–No le gusta el fútbol.

–Pero le gustan los aviones privados. Y habrá una fiesta después del partido.

Jenny dudó.

Era cierto que lo del avión y la fiesta sí que le gustaría a su amiga. De hecho, le encantaría. Seguro que estaba llena de hombres ricos a los que cazar.

Y ella quería que Emily encontrase a su hombre perfecto. Le había preocupado oírla decir que quería quedarse embarazada aunque fuese madre soltera.

Además, no tenían por qué pasarse la noche pegadas a Mitch, ni en el partido ni en la fiesta. No le haría caso. La fiesta estaría llena de gente.

–Tú y yo no estaremos a solas en ningún momento –le aseguró Mitch, rompiendo el silencio.

Jenny se quedó sorprendida al oír aquello.

–¿Te da miedo que te haga algo si nos quedamos solos?

–No –respondió él sin sonreír.

Siguió mirándola a los ojos y Jenny pensó que tal vez le preocupase lo contrario. Aunque era una locura. Mitch era sexy y famoso, y ella, aburrida, sencilla.

No obstante sintió un cosquilleo por todo el cuerpo.

–Los asientos están en el mejor lugar.

–¿Y crees que con eso vas a tentarme?

–Sí. Fila cuatro.

Era cierto, la tentaba, pero Jenny se dijo a sí misma que aquello no tenía nada que ver con querer pasar más tiempo con Mitch. Los asientos eran muy buenos. Y la fiesta sería estupenda. Además, tenía cuatro conjuntos nuevos para ponerse.

Y a Emily le encantaría le experiencia.

Mitch sonrió.

–Podrás oler el sudor de los jugadores.

Jenny se decidió.

–Vaya, a eso sí que no puedo resistirme.

Los Tigres ganaron el partido, así que el ambiente de la fiesta era de celebración. Con la sincera aprobación de Emily, Jenny se había puesto para esa noche unos *leggins* azul marino, botas de cuero también azules, una minifalda vaquera y una camiseta color melocotón. Su amiga había vuelto a maquillarla, llevaba las lentillas y se había recogido el pelo en un moño suelto. Como colofón llevaba en las orejas unos pendientes largos de plata.

Jenny no estaba acostumbrada a que los hombres la mirasen cuando atravesaba una habitación, pero se preparó, puso los hombros rectos y se ordenó a sí misma que se relajase y lo pasase bien.

Había un grupo de música en un rincón. Pidió un cóctel y le dio un primer sorbo. Cuando Cole Maddison la sacó a bailar, aceptó de buen grado.

–¿Puedo interrumpir? –preguntó una voz masculina a su lado.

Jenny levantó la vista y vio sonreír a Jeffrey Porter. Lo había visto varias veces a lo largo de los años y sabía que era buen amigo de Mitch.

Miró a Cole, que se encogió de hombros y levantó las manos antes de retroceder.

Jeffrey tenía el rostro bronceado y llevaba el pelo negro recogido en una coleta. A Jenny siempre le había parecido muy simpático y jovial. Y parecía caer bien al resto de los jugadores.

Empezó a sonar una canción lenta y Jeffrey la tomó entre sus fuertes brazos.

–Vamos a tomárnoslos con calma –le dijo al oído–. No soy precisamente buen bailarín.

–¿No quieres que hagamos giros ni piruetas? –bromeó ella.

–Mejor que no, por tu seguridad.

Jenny se echó a reír.

–Hoy has jugado muy bien –comentó ella.

–Gracias. Aunque Mitch me habría evitado un moretón o dos.

–¿Tú crees?

–No me malinterpretes, Cooper es un buen *quarterback*, pero Mitch es un adivino.

–¿Un adivino?

–Sí, señora.

–¿Te dice en qué debes invertir?

Entonces fue Jeffrey quien se echó a reír.

–Eso sería estupendo.

–A mí me vendría muy bien –comentó Jenny.

Acababa de ver a Emily al otro lado de la pista, bailando con Cole. Parecía tensa y Jenny se preguntó por qué.

–Yo no me quejo de mi sueldo –admitió Jeffrey–, pero mi carrera será corta.

Jenny volvió a centrar su atención en su pareja de baile.

–¿Sí? ¿Te pasa algo?

–Que es una profesión muy dura.

–¿Y tú tienes alguna lesión? –le preguntó Jenny.

–Siempre me duele algo, pero no es lo mismo que estar lesionado. Mira a Mitch, está lesionado y la fisioterapia por la que tiene que pasar es brutal.

Jenny miró de reojo hacia donde estaba Mitch, charlando con un grupo de jugadores. Él también la estaba mirando fijamente, parecía enfadado.

Jenny tropezó, pero Jeffrey la agarró y la acercó más a él.

–Eh, ten cuidado.

–Lo siento –contestó ella, preguntándose qué le pasaría a Mitch.

Capítulo Cinco

Mitch estaba a un lado de la pista viendo cómo Jeffrey intentaba ligar con Jenny. Aunque sabía que esta era demasiado lista para dejarse camelar por su amigo, se sintió tentado a advertirle que se apartarse de él. O tal vez debiese ordenarle a Jeffrey que la dejase en paz.

Se apartó de la barra con la intención de hacerlo.

–Eh, hola, forastero –lo saludó una rubia con largas piernas.

–Misha –le dijo él, reconociendo a la exmujer de uno de los principales ejecutivos del petróleo de Texas–. No sabía que estabas por aquí.

–Volví de París la semana pasada –respondió ella, apoyando su elegante mano en la chaqueta de Mitch.

–¿Te apetece bailar? –le preguntó él por obligación, aunque habría preferido ir a hablar seriamente con Jeffrey.

–Por supuesto –respondió ella.

Después de Misha, bailó con un par de mujeres más.

A media noche, solo quería irse al hotel, tomarse una aspirina y meterse en la cama.

Solo.

Pero entonces vio a Jenny.

Estaba en un rincón, hablando con Emily y tomándose una copa. En esa ocasión, de color verde. Al parecer, habían empezado a gustarle las bebidas exóticas.

Y Mitch no sabía que le pasaba últimamente con la ropa.

Esa noche estaba muy sexy, sobre todo porque, al fijarse en la camiseta, Mitch se había dado cuenta de que no llevaba sujetador.

No recordaba haberla visto nunca sin sujetador. Aunque se suponía que tampoco se había fijado. ¿Por qué lo estaba haciendo en esos momentos? ¿Qué le pasaba? ¿Por qué no aprendía la lección?

Vio a Jeffrey, que iba en dirección a Jenny otra vez, con aire depredador. En esa ocasión, decidió hablar con él y no permitió que nadie se interpusiese en su camino.

–Jeffrey –lo llamó, acercándose.

–Eh, Mitch. Me alegra que hayas podido venir.

Y seguro que se alegraba de que hubiese ido acompañado de Jenny.

–Ya he visto que has estado con Jenny.

Jeffrey frunció el ceño.

–Nos conocemos de hace mucho tiempo.

–Pero nunca habías bailado con ella.

–Porque está mucho más guapa que otras veces.

–Pues olvídala.

–¿Y eso? ¿Qué pasa con Jenny?

–Que es mi ayudante. Mantente alejado de ella.

–Solo hemos bailado.

–A mí no me engañas, Jeff.

Jeffrey sonrió.

–Entendido.

–Es una buena chica.

–Entonces, si intentase besarla, me daría una bofetada, ¿no?

–Dale algún motivo para que te la dé y te daré yo un puñetazo antes.

–Ten cuidado, amigo, cualquiera diría que quieres marcar el territorio.

–Ya te he dicho que es mi ayudante.

–¿Y nada más?

–Nada más –respondió él.

–¿Por qué no te creo?

Probablemente, porque era mentira.

–Porque piensas solo con la bragueta.

–Ambos llevamos años pensando solo con esa parte de nuestros cuerpos.

–Con Jenny, no –le advirtió Mitch.

–Hola, Jenny –dijo Jeffrey cuando estaban llegando a su lado–. ¿Quieres que volvamos a bailar?

Ella se giró y perdió un momento el equilibrio sobre los altos tacones, por lo que tuvo que agarrarse a la barra.

Le brillaban los ojos y sonreía más de lo habitual. Mitch la había visto tomarse dos copas, pero podía haber tomado más.

–Nos tenemos que marchar –dijo, antes de que a ella le diese tiempo a contestar.

Si existía la posibilidad de que Jenny no estuviese del todo lúcida, la última persona a la que debía tener cerca era a Jeffrey.

–Si no son más que las doce –protestó su amigo.

–El vuelo sale mañana temprano –volvió a mentir él.

Podía volver a Royal cuando quisieran, pero se puso al lado de Jenny y la agarró del brazo.

–¿Y Cole? –le preguntó después a Emily.

Esta arrugó la nariz.

–¿Y yo qué sé?

–Está allí. Al lado de la columna –intervino Jenny, echando a andar, pero tropezando de nuevo.

–¿Cuántas copas te has tomado? –le preguntó Mitch.

Ella lo miró.

–He pedido dos, pero no me he terminado ninguna. ¿Por qué?

–Porque te veo muy ligera.

–Gracias –respondió ella en tono sarcástico–. He perdido un par de kilos.

Mitch no pudo evitar sonreír y la llevó hacia donde estaba Cole.

–Es hora de irse a la cama, princesa.

–Así que solo es tu ayudante. Ya –comentó Jeffrey riendo y sacudiendo la cabeza cuando pasaron por su lado.

Mitch le dio un codazo en las costillas.

–Me muero de hambre –dijo Jenny desde la parte trasera del coche que los llevaba por la bahía de Galveston.

Mitch giró la cabeza para mirarla.

–Buena idea. Te vendrá bien meter algo de comida al estómago, para que le haga compañía al alcohol.

–¿Quieres parar? –protestó ella–. Solo me he tomado dos martinis minúsculos. Tengo hambre porque es tarde. Mira: Cara Mia Trattoria. Está abierto.

–Si puede leer en italiano es que no está tan mal –comentó Cole.

–Estoy completamente sobria –le aseguró esta.

Mitch le pidió al conductor que diese la vuelta.

Cuando el coche se detuvo, bajó y se giró para ofrecerle la mano a Emily, pero no pudo evitar clavar la vista en las piernas de Jenny, que iba sentada una línea de asientos más atrás.

–Hay terraza –anunció esta, avanzando hacia el restaurante.

Se le habían soltado algunos mechones de pelo del moño y le enmarcaban el rostro sonriente.

–¿Crees que podemos sentarnos en ella? –añadió.

Mitch la agarró del brazo.

–Podemos sentarnos donde queramos.

Jenny respiró hondo.

–Me encanta el mar.

–Seguro que te viene bien un poco de aire –comentó él.

Una camarera los condujo hasta una mesa que daba justo a unos jardines iluminados, detrás de los cuales estaba la playa.

Había estufas de propano para calentar el aire y el mantel blanco estaba adornado por un centro de flores.

Jenny se dejó caer en una silla y tomó la carta.

Un camarero les llenó los vasos de agua y les ofreció un cóctel, pero todos optaron por el té con hielo.

–¿No es maravilloso? –comentó Jenny, mirando las pequeñas luces rosas que decoraban el jardín.

De repente, se levantó y fue hacia la barandilla para verlo mejor.

Cole y Emily hablaron de lo que iban a pedir.

Y Mitch también leyó la carta antes de mirar de nuevo hacia donde estaba Jenny.

Que ya no estaba.

Se puso recto y recorrió las mesas con la mirada. ¿Habría ido al baño?

Se levantó.

–¿Qué pasa? –preguntó Emily.

–¿Dónde está Jenny?

Emily y Cole miraron a su alrededor.

Mitch tropezó con sus botas, que había dejado tiradas debajo de la mesa.

Miró hacia los jardines y la vio allí, dirigiéndose a la playa.

–La tengo –dijo, dejando la servilleta encima de la mesa–. Voy a buscarla.

Bajó corriendo las escaleras y atravesó los jardines. El olor a sal era más intenso allí y el ruido de las olas, más fuerte.

–¿Vas a alguna parte? –le preguntó Mitch justo cuando sus pies tocaron la arena.

–Solo quería respirar un poco –respondió ella girándose.

–¿Solo te has tomado dos copas?

Ella sacudió con la cabeza y puso los ojos en blanco.

–Me ha dado miedo que te metieras en el agua –admitió Mitch.

–Necesitaría algo más que un par de copas para meterme en el mar en septiembre –le dijo ella, dejándose caer sobre la suave arena.

Una vez más, Mitch pensó en lo distinta que era de la Jenny del trabajo. La transformación le resultaba desconcertante.

Se sentó a su lado, fijándose en su minifalda, extendida sobre la arena. La camiseta dejaba gran parte de su espalda morena al descubierto y los pezones endurecidos por el frío se marcaban en la fina tela.

–Últimamente te vistes de manera muy interesante –dijo sin saber por qué.

–Necesitaba un *look* nuevo –le contó Jenny– si quiero encontrar novio.

A Mitch se le hizo un nudo en el estómago.

–¿Quieres encontrar novio?

–Claro. Todas las mujeres lo quieren. Bueno, tal vez no todas, pero la mayoría. Y yo quiero.

Tenía las mejillas sonrosadas, los ojos brillantes y los labios apretados con determinación. Mitch sintió ganas de besarla y apretó los dientes para contenerse.

–Los tenías haciendo fila hace un rato –comentó–. Has debido de bailar con Jeffrey por lo menos cinco veces.

–Es muy simpático –comentó ella suspirando.

A él se le encogió el estómago todavía más.

–Jeffrey no te conviene.

–Tampoco me gusta su coleta –admitió Jenny.

–Me alegro –aunque la coleta fuese lo que menos le preocupaba.

–Jeffrey te aprecia mucho –comentó ella, alisando un trozo de arena con la mano y luego pasando los dedos por él.

Mitch ya no estaba tan seguro de apreciarlo tanto.

¿Y si decidía cortarse la coleta? Él lo habría hecho si se tratase de la mujer adecuada.

Un momento. ¿Qué estaba diciendo? No había ninguna mujer adecuada. Solo había mujeres. En plural. Sofisticadas y fáciles, a las que les gustaba el estilo de vida de los jugadores profesionales de fútbol.

Jenny volvió a alisar la arena y dibujó en ella un corazón con el dedo índice.

Mitch esperó a que escribiese en él dos iniciales.

–Jeffrey dice que eres un adivino –comentó Jenny en su lugar.

Mitch levantó la vista.

–¿Qué?

–Eso ha dicho –continuó ella, limpiándose la arena y levantando la palma de la mano–. Venga. Léeme la mano. Háblame de ese hombre moreno, alto y guapo con el que voy a casarme. Me gustaría tener dos hijos, y una casa con la verja blanca. Y un perro. ¿Qué me dices?

Él tomó su mano, dándose cuenta de que era solo una excusa para tocarla.

–¿Qué clase de perro? –le preguntó, fingiendo que se lo tomaba en serio.

–Un dálmata.

–¿No te parece demasiado grande?

Jenny lo miró.

–Se supone que no funciona así. Tienes que decirme tú la clase de perro que voy a tener.

–Ah. De acuerdo –dijo él, mirando de nuevo su mano abierta.

Se dejó llevar por la tentación de pasar el dedo por las líneas de su piel suave.

–Vas a tener una vida larga y feliz.

–Eso es demasiado vago. Tienes que concretar más.

–De acuerdo. Vamos allá. El martes que viene –le dijo, haciendo una pausa–. Te vas a comprar un vestido morado.

Ella inclinó la cabeza.

–¿Y eso me va a ayudar a encontrar novio?

–Alto, moreno y guapo –comentó él, con el estómago encogido al imaginársela bajo la luz de la luna con un extraño.

Ya era duro verla bailar con Jeffrey.

Ella sonrió con serenidad.

–Eso suena bien.

A Mitch no le gustó nada su reacción.

–Espera un momento –continuó–. Te engaña y tú lo dejas.

–¿Qué dices? De eso nada.

–Me temo que sí.

–Me estás mintiendo.

–Te estoy contando lo que veo.

Jenny apartó la mano y miró hacia la bahía.

–Eres un adivino horrible.

Él no pudo evitar echarse a reír al verla tan indignada. Para recompensarla, le tendió la mano.

–Ahora lee tú la mía.

Ella ni se molestó en mirarla.

–Vas a morir solo.

–¿Qué he hecho para merecerlo?

–Ser un rompecorazones, Mitch.

–No lo hago a propósito.

–El resultado es el mismo –le dijo ella con tristeza.

Mitch deseó volver a verla sonreír.

–¿Y si te compenso por ser un sinvergüenza? –le dijo en tono de broma–. Podría comprarte un cachorro de dálmata. O un gatito. Los gatos dan mucho menos trabajo.

Ella lo miró exasperada.

–No quiero una mascota.

Quería un hombre. Mitch lo había entendido. Lo odiaba, pero lo entendía. Quería el tipo de hombre que él jamás sería. Y él sabía lo que tenía que decir y lo que tenía que hacer.

–Yo te ayudaré a encontrarlo.

Jenny abrió mucho los ojos.

–¿Qué?

–Si estás segura de que es eso lo que quieres –le dijo–. Estoy a tu disposición, Jenny. Sé mucho de hombres. Jeffrey no es el adecuado, pero...

Ella se puso en pie y se limpió la parte de atrás de la falda vaquera.

–¿Te has vuelto loco?

–Solo quiero ayudarte –mintió, incorporándose también.

–No quiero que me emparejes con ninguno de tus amigos.

A él tampoco le gustaba la idea, pero era una manera práctica de solucionar el problema de Jenny. Y el suyo. Ya que soñar con ella como un adolescente enamorado no era una opción.

–No veo por qué no.

–Para empezar, porque me parece insultante.

–¿Por qué es insultante? Tengo amigos muy

simpáticos. Casi todos están físicamente bien. Casi todos tienen dinero. A muchos se les considera guapos.

–No –le dijo ella con determinación.

–Vaya. Qué argumento tan coherente.

–He dicho que no.

Mitch no pudo evitar sonreír.

–¿Señor Hayward? –lo llamó la voz de un extraño.

Mitch se giró y vio a un grupo de adolescentes que se acercaban a ellos por la arena.

–¿Es usted?

Mitch suspiró por dentro, pero les dedicó una sonrisa profesional a los chicos.

–Por supuesto.

Eran cinco chicos, de unos dieciséis o diecisiete años.

–Jugamos al fútbol –dijo uno de ellos.

–Yo también soy *quarterback* –le contó otro.

–Enhorabuena –les dijo Mitch a todos.

–Ojalá tuviésemos algo para que nos pudiese firmar un autógrafo.

–Ojalá tuviésemos un balón.

El más alto hizo como si agarrase un balón.

–Mitch Hayward, siempre perfecto.

Todos sus amigos se echaron a reír.

–El único que no juega aquí es Dave –dijo uno, agarrando al más bajo de los chicos

–No da la talla –se burló otro.

–Yo tengo un amigo que mide más o menos como tú, Davey –le contó Mitch, y el chico que lo tenía agarrado lo soltó–. En el instituto le gustaba jugar al béisbol. Y pasar mucho tiempo con el ordenador. Su empresa de software posee ahora mismo el veinte por cien de los Tigres.

Mitch miró a todos los chicos.

–Tratad a Davey con un poco de respeto. Tal vez, algún día, sea él quien os firme los cheques.

Davey sonrió mientras el resto de los chicos se ponían serios.

–¿Sabéis lo que os digo? –continuó Mitch–. Que haré algo mejor que daros un autógrafo. Davey, mándame un correo electrónico a través de la página de los Tigres y os conseguiré entradas para el próximo partido en Houston.

Los chicos lo miraron alucinados.

–¿De verdad?

–De verdad –respondió él, poniendo un brazo alrededor de los hombros de Jenny–, pero ahora se nos está enfriando la pizza.

–¡Genial!

–¡Gracias tío!

Los chicos siguieron exclamando mientras Jenny y él volvían hacia la terraza del restaurante.

–¿Lo has dicho en serio? –le preguntó ella.

–¿Lo de las entradas?

–No. Bueno, lo de las entradas espero que fuese en serio.

–Por supuesto.

–Me refiero a lo de Cole. Ya que supongo que es el chico del que les has hablado.

–Sí.

Jenny se giró a mirarlo.

–¿Y un veinte por ciento de los Tigres es suyo?

–Es el dueño de una empresa que posee parte de los Tigres de Texas, sí.

–¿Y por qué no nos lo ha contado nunca?

–¿A quién? Yo lo sé. Y muchas otras personas lo saben.

–Yo no lo sabía.

Él le apretó cariñosamente el brazo.

–Eres lista, Jenny, pero nadie lo sabe todo.

–Bueno, ahora ya lo sé.

–¿Lo sitúa eso en tu lista de posibles maridos?

Jenny se apartó de él bruscamente y lo fulminó con la mirada.

–¿Cómo te atreves? ¿Alguna vez he hecho algo que te diese a entender que me casaría con un hombre por su dinero?

–Acabo de enterarme de que quieres casarte.

Aunque tenía que haberlo sospechado desde hacía tiempo. Jenny estaba hecha para formar una familia. Sería una madre estupenda, una esposa increíble.

Mitch tragó saliva, tenía la garganta seca.

–Y yo me arrepiento de habértelo contado –le dijo ella, levantando la barbilla y zanjando así la conversación.

Capítulo Seis

Jenny se quitó las botas a patadas y tiró el pequeño bolso encima de una de las dos enormes camas que había en la lujosa habitación de hotel que les habían reservado en el centro de Houston.

Eran casi las dos de la madrugada. Hacía un buen rato que se le había pasado la emoción del partido y de la fiesta y en esos momentos se encontraba agotada.

–No entiendo por qué le has dicho que no –dijo Emily, dejándose caer en la otra cama.

–¿A que Mitch me busque novio? ¿No te parece que hay un incoherente conflicto de intereses?

–¿Porque estás enamorada de él, quieres decir?

–No estoy enamorada de él –protestó Jenny enseguida–. Lo he estado. Y me he acostado con él, claro, pero soy capaz de reconocer mis errores y estoy pasando página.

–Entonces, ¿dónde está el conflicto? Ojalá quisiera emparejarme a mí. ¿Has visto a sus amigos?

Jenny se sentó en un sillón con los pies debajo de ella.

–¿Te refieres a Cole? Os he visto muy acaramelados cuando hemos vuelto a la mesa.

–¿Cole? –preguntó Emily, haciendo un ademán–. ¿Tú crees que les haría esa faena a mis hijos acostándome con Cole?

–Cole es muy inteligente.

–Cole no es alto. Y estamos en Texas. Seguro que mis hijos quieren jugar al fútbol algún día.

–Cole juega al béisbol.

Emily arqueó una ceja.

–Esto es Texas –repitió.

–Si a ti ni siquiera te gusta el fútbol.

–Pero a mis hijos les gustará.

–¿Y si te digo que Cole es el propietario de un veinte por ciento de los Tigres de Texas?

Aquella información dejó a Emily pensativa.

–¿En serio?

–Eso me ha contado Mitch hace un rato –comentó, mientras volvía mentalmente a su conversación–. Se ha portado muy bien con unos chicos y ha sabido quitar hierro a una situación tensa.

–Ese es tu Mitch. Diplomático y encantador, sean cuales sean las circunstancias.

–¿Tú crees...? –le preguntó Jenny a su amiga, digiriendo aquellas últimas palabras–. ¿Tú crees que también lo hace conmigo?

–¿El qué?

–Utilizar la diplomacia. En el trabajo. Cuando estamos juntos. ¿Crees que estoy viendo al Mitch diplomático y profesional y no al de verdad?

–Es posible –admitió Emily–. Le sale de manera natural.

–Por eso precisamente le han dado el puesto de presidente en funciones. Porque es capaz de mantener contento a todo el mundo, aunque te esté diciendo que no –dijo Jenny–. Dios mío, qué humillante.

–¿Por qué?

–Porque me ha estado manipulando como manipula a todo el mundo. Yo estaba enamorada del personaje. Ni siquiera lo conozco en realidad.

Jenny se levantó y atravesó la habitación.

–¿Crees que es por eso por lo que se acostó conmigo? Lo último que le dije antes de que me besase fue que estaba disgustada porque no se había fijado en mí. Y, de repente, empezó a echarme piropos.

Inclinó la cabeza y bajó los hombros.

–Me dijo lo que yo quería oír. Dios santo, si lo he visto haciéndolo con cientos de personas. Y me lancé a sus brazos...

Jenny no pudo ni terminar la frase. No quería volver a ver a Mitch nunca jamás.

–Fue una suerte que...

–Mátame –la interrumpió Jenny–. Tírame por el balcón y acaba con este sufrimiento.

Emily se puso de pie y se acercó a Jenny lentamente.

–No es para tanto.

–¿Que no es para tanto?

Emily apoyó las manos en los hombros de su amiga.

–No puede leerte la mente. Solo sabe que os habéis acostado una noche. Para él es algo sin importancia, así que para ti también puede serlo. Él quiere olvidarlo. Tú también. Tema zanjado.

–¿Tema zanjado? –inquirió Jenny con voz temblorosa.

–Eres una mujer sensata. Y lo más sensato es que lo olvides. Has vuelto a verlo muchas veces desde esa noche, ya han pasado los momentos más incómodos. La parte más dura está superada.

–Sí –admitió Jenny.

Ya había pasado lo más duro. Ella había trabajado concienzudamente, como hacía siempre. Mitch era diplomático. Ella también podía serlo.

–¿Vas a dejar que te busque pareja? –le preguntó Emily.

–No.

–¿Te gusta Cole?

–Lo considero como un hermano.

–¿De verdad? –le preguntó Emily extrañada.

–Es un cielo.

–Es más terco que una mula. Creo que tiene el síndrome de los hombres bajitos.

–Tampoco es tan bajo. Y de cuerpo está muy bien.

Jenny sabía que Cole hacía artes marciales, seguía jugando al béisbol y le encantaba la naturaleza.

–Da igual –replicó Emily–. No está en la lista. Por suerte para nosotras, sigue habiendo diez millones más de hombres en Texas.

Y Jenny iba a ser feliz con uno de ellos.

Iba a encontrar a alguien amable y sincero, que desease formar una familia tanto como ella lo deseaba.

Eran casi las cuatro de la tarde del sábado siguiente. Jenny estaba en las oficinas del Club de Ganaderos de Texas, tenía que terminar de actualizar la base de datos antes de volver a abrir el lunes.

Se había instalado en la sala de juntas y había extendido la correspondencia de todos los miembros en la enorme mesa, cosa que no podía hacer en la suya.

Tenía el ordenador en un extremo de la mesa y cartas, correos electrónicos, informes y bocetos colocados en montones. Casi había terminado con los datos principales y había escaneado todos los documentos que estaban en papel para que la junta directiva pudiese acceder fácilmente a ellos.

–¿Jenny? –dijo Mitch desde el pasillo–. ¿Eres tú?

–Estoy aquí –respondió ella, intentando no alterarse emocionalmente ante su presencia.

–¿Qué estás haciendo? –le preguntó él desde la puerta.

–Tengo que terminar y recogerlo todo –le contestó sin levantar la vista–. Hay cartas contra la reforma del club, cartas a favor de la reforma, cartas en contra de que haya una presidenta, solicitudes para que haya una presidenta, sugerencias para la reforma del club. Y hasta bocetos para la reforma. Ah, y esto de aquí son propuestas de todo tipo: para salvar a las ballenas, prohibir los antibióticos para el ganado, nacionalizar las tecnologías y cambiar la señal de stop que hay entre la Quinta y la Continental por un semáforo. No iba a incluirlas en la base de datos.

–¿Hay alguien que piensa que tenemos algún control sobre las señales de tráfico?

–Eso parece. ¿Te importa ocuparte tú? El remitente piensa que es un problema muy serio.

Jenny levantó la vista y vio que Mitch no estaba solo, lo acompañaban Jeffrey y otros dos compañeros más de su equipo de fútbol.

Se ruborizó al verlos.

–Ah...

Mitch entró en la habitación.

–Jenny, he venido con unos compañeros del equipo. Estos son Emilio y Nathan, y a Jeffrey ya lo conoces.

–Por supuesto. Hola, Jeffrey –dijo, saludando a los otros dos hombres con una sonrisa y una inclinación de cabeza.

–Hola, Jenny –la saludó Jeffrey, acercándose.

–Si en algún momento quieres un trabajo administrativo en un equipo de fútbol, te recomendaré –dijo el tal Emilio, que era enorme.

–Ni se te ocurra –le advirtió Mitch–. No sabría qué hacer sin ella.

Jenny tuvo que recordarse que se refería solo al nivel profesional.

Desde el punto de vista personal, era una más en la lista de sus conquistas.

–El motivo es evidente –comentó Nathan, que era rubio y más delgado que los demás, y sonreía ampliamente–. Me alegro de conocerte, Jenny.

–Les estoy enseñando el club –le explicó Mitch–, pero, ¿necesitas ayuda?

Ella negó con la cabeza.

–Casi he terminado. La sala de conferencias está reservada para mañana a las diez y tenía que recogerla.

Jeffrey se acercó más.

–A mí no me importa echarte una mano.

–Solo tardaré diez minutos –le aseguró Jenny.

–Entonces todavía estaré por aquí para ayudarte a llevar las cosas al despacho –le dijo Jeffrey.

Mitch avanzó hacia ellos.

–Déjalo todo aquí. Nosotros lo llevaremos todo cuando hayas terminado.

–Pero… –empezó a protestar Jenny, pero vio la expresión de Mitch y no continuó–. Está bien. ¿Me dais mejor un cuarto de hora?

–Volveremos en quince minutos –dijo Mitch.

–Y luego podrías venir a cenar con nosotros –sugirió Nathan.

–Vamos a hacer una barbacoa en casa de Mitch –le contó Emilio, dando un golpe a Mitch en el hombro.

Jenny se dio cuenta de que era el hombro que tenía lesionado, pero solo lo vio apretar los labios, no protestó.

–Y tráete a Emily –añadió Jeffrey.

–Entonces, ¿un cuarto de hora? –repitió Mitch con el ceño fruncido.

Jenny se dio cuenta de que él no le había dicho que fuese a cenar.

Tanto mejor, porque no tenía ningún interés en ir a su casa. Había sido una semana muy larga y estaba cansada.

Cuando se hubieron marchado, terminó rápidamente con la base de datos, guardó el documento y apagó el ordenador. Se lo llevó al despacho y se dispuso a recoger la mesa de la sala de juntas y huir de Mitch y sus amigos antes de que volviesen.

Pero su plan fracasó.

Se los encontró en el pasillo cuando iba por el segundo viaje, con las manos llenas de papeles.

–Pensé que te había dicho que lo dejaras –la increpó Mitch.

Y ella comprendió de inmediato su error. Demasiado tarde.

Mitch había pretendido ayudarla a salir de allí antes de que ellos volviesen.

–Lo siento jefe –balbució, sintiéndose como una tonta.

Podía haberse marchado, tenía que haberlo hecho.

–No pasa nada, Mitch –intervino Nathan–. Yo recogeré el resto y luego nos iremos hacia el campo de golf.

Todos miraron a Jenny expectantes.

–Esto… –empezó ella, mordiéndose el labio inferior. Nunca se le había dado bien mentir–. No creo que pueda…

–Mitch quiere que vengas –le dijo Emilio, volviendo a golpearlo en el brazo.

En esa ocasión, Mitch hizo un gesto de dolor.

–Por supuesto que puedes venir, Jenny. Llama a Emily. Haremos una fiesta.

–Emily está muy bien –comentó Jeffrey.

Nathan y Emilio gritaron de alegría.

Mitch se giró a mirarlos.

–Parecéis niños.

Los demás se pusieron serios y sacudieron la cabeza.

–No te preocupes. Nos comportaremos como perfectos caballeros.

–Escuchad –intervino Jenny–. A mí no me viene demasiado bien hoy…

–Llama a Emily –la interrumpió Jeffrey–. Quiero impresionarla con mi nuevo palo de golf.

Nathan y Emilio se echaron a reír.

Mitch apretó los labios.

–Voy a dar por hecho que no va con segundas –dijo Jenny.

–Por supuesto que no –le respondió Jeffrey.

Jenny volvió a mirar a Mitch, que estaba esbozando una sonrisa.

–¿Quieres que la llame yo? –le preguntó este a Jenny.

–Ya lo hago yo –dijo ella, rindiéndose.

Era muy posible que a Emily le gustase conocer a los compañeros de equipo de Mitch. Sin duda, eran más altos que Cole.

Podía funcionar.

Dado que Mitch tenía sus propios palos de golf, esperó fuera de la tienda mientras el resto los alquilaban.

Para su sorpresa, Jenny salió también. Llevaba toda la semana evitándolo y cuando estaban juntos solo hablaban de trabajo.

Mitch sabía que tenía que presentarle a algún amigo que pudiese interesarle, pero no era capaz.

La vio acercarse y decirle en voz baja:

–Por favor, dime que no pretendes emparejarme con ninguno.

Y en ese momento él se dio cuenta de que jamás podría hacerlo.

–No te preocupes –le aseguró.

–¿Por qué no te creo?

–No soy yo quien te ha invitado.

–Pero tampoco me has dicho que no venga.

–Ni tú has puesto una excusa para no venir. Aunque creo haberte dado la oportunidad.

–Se me da fatal mentir, lo siento.

Mitch pensó que en eso tenía razón. Era una mujer lista, eficiente y entregada, pero no sabía mentir.

–Creo que a Jeffrey le gustas –le dijo.

No supo por qué.

Tal vez por frustración.

O porque quería provocarle una reacción emocional. Jenny volvía a ir vestida de manera profesional, con una blusa blanca, pantalones y las gafas.

Y él quería más. Y funcionó.

Jenny lo desafió con la mirada.

–A mí también me gusta Jeffrey.

Mitch luchó contra su instinto.

–Bien.

–Pues sí, es estupendo.

–Que juegue con nosotros. Eh, Jeffrey. Irás con Jenny y conmigo. El resto iréis juntos.

Cole, que también se había unido a ellos, sonrió. Era evidente que le gustaba Emily.

–¿Vas a jugar en mi equipo? –le preguntó Jenny a Mitch.

–¿Cómo si no voy a hacer de intermediario con Jeffrey?

–Pero si has dicho…

–Supongo que te he mentido.

Tras un momento de silencio, Jenny levantó la barbilla y se apartó el pelo de la cara.

–De acuerdo. Como quieras. Empeséjanos. Ya veremos qué pasa –dijo antes de volver a entrar en el club.

Mitch agarró el palo de golf con fuerza mientras la veía marchar.

A pesar de lo que había le dicho, no iba a hacer nada para que Jeffrey y Jenny estuviesen juntos.

Su instinto le decía que fuese detrás de ella y dejase bien claro que era suya, pero no tenía derecho a hacerlo. Así que, en su lugar, recogió sus palos y fue hacia el aparcamiento en el que estaban los *carts*.

Metió los palos en la parte trasera de uno de ellos y se sentó a tranquilizarse.

Cuando vio acercarse a los otros seis, se dio cuenta de que Emilio y Jeffrey llevaban cada uno dos bolsas a los hombros, y que él no había ayudado a Jenny.

¿Cómo se le había podido pasar? Jenny iba a pensar que era un canalla.

Suspiró.

Tanto mejor. Que supiese la verdad.

Arrancó el *cart* mientras Jeffrey se subía a su lado y Jenny se sentaba, tensa, en la parte trasera.

Miraba a Jenny disimuladamente por el retrovisor.

Estaban en el séptimo hoyo cuando cayeron unas gotas de lluvia.

–Lo mejor será que terminemos este y nos marchemos –sugirió Mitch aliviado.

Esperó a que Jenny se colocase al otro extremo de la calle.

De repente, un rayo brilló por encima de sus cabezas.

–¡No tires! –le gritó, corriendo hacia ella.

Jenny lo miró confundido.

Él señaló el cielo.

–Hay rayos. Y el palo es conductor de electricidad.

Al llegar a su lado se lo quitó de las manos.

Y entonces empezó a llover más.

Mitch miró a su alrededor, buscando un refugio.

–Vamos al cenador –sugirió, tomándola de la mano y echando a correr.

El *cart* estaba lejos, donde Jeffrey lo había dejado.

Este los vio correr y fue en la misma dirección.

Cuando los tres llegaron al pequeño cenador, estaba diluviando y estaban empapados.

–Vaya –dijo Jeffrey, pasándose la mano por el pelo mojado.

Jenny iba vestida con una blusa blanca de manga corta que se le pegaba a los pechos, dejando adivinar un sujetador de encaje.

Jeffrey arqueó las cejas al verlo, pero Mitch se interpuso entre Jenny y él y le advirtió que tuviese cuidado con la mirada.

Luego se quitó el polo azul marino y se lo dio a Jenny.

–¿Qué haces? –preguntó ella, perpleja.

–Se te trasparenta todo –le explicó.

Ella bajó la vista.

–Ah.

–Póntelo.

Jenny se lo puso y se peinó con las manos el pelo mojado.

–No sabía que íbamos a bañarnos –comentó.

Jeffrey sonrió.

–Yo no tengo quejas.

–Para ya –le advirtió Mitch.

–Si es solo un sujetador –dijo Jenny, quitándole importancia–. Las modelos aparecen así en la tele todo el tiempo.

–¿Quieres devolverme la camiseta? –la retó él.

–No –admitió ella, mirando un instante su pecho desnudo.

Y él tuvo la esperanza de que le gustase. Luego, se reprendió en silencio. Eso no podía ser bueno. La atracción física que había entre ambos había sido el detonante de todos sus problemas.

Un relámpago surcó el cielo, se oyó un trueno y siguió lloviendo todavía más.

–¿Queréis que vaya a por el *cart*? –se ofreció Jeffrey.

–Mejor esperamos unos minutos –dijo Mitch–. No creo que dure mucho.

El teléfono móvil de Jenny sonó.

–Debe de ser Emily. Espero que estén bien. ¿Dígame? –contestó.

Estuvo escuchando unos segundos con el ceño cada vez más fruncido.

–¿Va todo bien? –preguntó Mitch.

Pero ella le hizo un gesto para que se callase y le dio la espalda.

Mitch miró a Jeffrey, que también parecía preocupado. ¿Le habría ocurrido algo a alguien?

–Ajá –dijo Jenny–. No, no.

Se llevó una mano a la frente y Mitch se acercó más a ella.

–¿Jenny? –le dijo, poniéndole una mano en el hombro.

–En cuanto pueda –continuó diciendo ella–. Sí. Por supuesto.

–¿Jenny? –repitió él.

Esta lo miró, estaba pálida y le temblaban las manos.

–Mi casa se ha incendiado.

–¿Qué? ¿Qué ha pasado? ¿Quién era?

–Mi vecina. Ha sido un rayo –le contó ella–. El tejado ha ardido.

Mitch agarró el teléfono antes de que se le cayese al suelo.

–¿Han llamado ya a los bomberos? –preguntó.

–Van de camino.

–Iré a por el *cart* –dijo Jeffrey, bajando los dos escalones del cenador de un salto y corriendo por el césped.

Mitch alargó la mano para tocarle el brazo. Tenía ganas de abrazarla.

–¿No tienes animales, verdad?

–Eso es lo mismo que me ha preguntado Clara, mi vecina. No, no tengo animales. Soy alérgica a los gatos.

Mitch no lo sabía. Intentó darle calor frotándole los hombros.

–Quizás no sea para tanto. La lluvia ayudará a apagar el fuego. Y los bomberos no tardarán.

Jenny asintió aturdida. Luego, pareció recomponerse.

–Tienes razón. No merece la pena preocuparse antes de tiempo –dijo–. Ya lo haré cuando vea qué es lo que ha ocurrido.

Y se apartó de él.

El instinto protector de Mitch estuvo a punto de cegarlo. Jenny tenía que estar entre sus brazos y no sola y empapada, intentando asimilar el desastre que acababa de ocurrir en su vida.

Se dejó llevar y se acercó a ella, pensando en la sensación de tenerla apretada contra su cuerpo.

Pero Jeffrey ya iba hacia allí en el *cart*. Y Jenny estaba bajando las escaleras del cenador. Y su momento había pasado.

Capítulo Siete

Unas luces azules y rojas brillaban delante del caos que unas horas antes había sido la casa de Jenny. Una docena de bomberos echaban agua a las ventanas, de las que salían llamas anaranjadas. Había vecinos en las aceras que se resguardaban con paraguas de la lluvia, que seguía cayendo con fuerza, aunque Jenny casi no era consciente.

Emily entrelazó un brazo con el suyo y la apretó con fuerza.

–Menos mal que no estabas en casa.

Ella tragó saliva. No lo había pensado, pero era cierto. Se estremeció solo de pensarlo.

–Todo va a ir bien –continuó Emily.

Jenny asintió e intentó pensar de manera racional, tenía muchas cosas de las que alegrarse.

–Lo sé –dijo por fin–. No le ha pasado nada a nadie. Y todo lo demás solo son cosas. Todo se puede reemplazar.

Hizo una pausa y luego añadió en tono de humor negro.

–No tenía cajas llenas de valiosos recuerdos de una niñez feliz.

–Vale, me has impresionado.

–¿Por qué?
–Por recuperarte tan pronto.
Jenny se encogió de hombros.
–Supongo que también podría hacerme un ovillo en cualquier parte y ponerme a llorar.
–Muchas personas lo harían.
–Creo que estoy conmocionada.
–Eso es lo normal. Tienes seguro, ¿verdad?
Jenny asintió. Todo estaba asegurado.
Su cerebro empezó a catalogar automáticamente todas sus posesiones.
Empezó por el salón, donde se había cebado más el fuego, y luego fue al comedor, a la cocina y al dormitorio.
–Vamos a tener que volver a comprar ropa –le comentó a Emily.
–Esa parte será divertida –respondió esta en tono alegre.
Jenny no la contradijo.
Se había divertido mucho yendo de compras con Emily. Por supuesto, comprar todo lo que una persona necesitaba para vivir era mucho más pesado.
Se dijo a sí misma que era afortunada. Debido a las circunstancias de su niñez, había muy pocas cosas en su vida que fuesen irreemplazables.
–Al menos no había ninguna colcha hecha a mano. Ni joyas de la familia –comentó.
–Es una suerte –dijo Emily–. En un momento como este.
Emily sabía que su amiga había tenido una ni-

ñez complicada. Sus padres se habían casado porque su madre se había quedado embarazada de Jenny. El matrimonio había sido un error y, después de cinco turbulentos años, su padre las había abandonado para siempre. Después de la ruptura, los problemas psicológicos y emocionales de su madre habían empeorado todavía más, convirtiendo la vida de Jenny en un caos.

En ese momento cayó una parte del garaje, haciendo mucho ruido al chocar contra su coche.

–También vas a necesitar un coche nuevo –comentó Emily con voz ronca.

–Esto es increíble –dijo Jenny, haciendo un esfuerzo por mantener el equilibrio.

Todas sus posesiones se estaban desintegrando delante de sus ojos.

Vio a Mitch al lado del camión de los bomberos. Buscaba con la mirada entre la gente. Cuando llegó a ellas, dejó de buscar. La miró un instante a los ojos antes de volver a hablar con el jefe de bomberos. Mientras tanto, Cole y los demás futbolistas estaban alerta por si los necesitaban y parecían frustrados por no poder intervenir.

–¿Tú crees que es una señal? –le preguntó Emily.

Jenny apartó la vista de Mitch.

–¿Una señal de qué?

–¿De que ha llegado el momento de empezar una nueva vida?

–¿Te refieres a marcharme de la ciudad? ¿Dejar Royal, el club, a Mitch?

–No. No. Estaba pensando en una casa más moderna, en vez de una tan práctica.

–¿No te gustaba mi casa? –preguntó Jenny sorprendida.

–Solo estoy diciendo que tal vez una casa nueva vaya mejor con la ropa nueva, el maquillaje y, muy pronto, el hombre nuevo.

Jenny se quedó pensativa.

Empezar de cero. ¿No era eso lo que había decidido que necesitaba? ¿Estaría intentando ayudarla el universo?

–En el club hay ahora un montón de arquitectos y aparejadores –comentó–. Con la reforma, todo el mundo quiere poner su granito de ahora.

–¿Alguno cuyo estilo te guste más?

–Hay un par de ellos, claro –admitió Jenny.

–Pues ya está. Piénsalo. Tal vez una casa completamente diferente, divertida, emocionante.

–¿Tú crees que nos pasa algo? –le preguntó Jenny.

–No, ¿por qué?

–Porque estamos aquí, planeando cómo va a ser mi casa nueva mientras la vieja se quema.

–Eso significa que somos muy prácticas –le aseguró Emily convencida–. Prácticas y realistas. Dos virtudes a admirar.

–Debes de estar quedándote fría –dijo Mitch, sobresaltándola.

Se estaba haciendo de noche y Jenny no lo había visto acercarse. Las llamas parecían más vivas que un rato antes, aunque sabía que el fuego estaba cada vez más controlado.

–Tengo calor –respondió, pasándose las manos mojadas por las mejillas coloradas.

–Pronto apagarán el incendio. Y tú sigues empapada.

–Como todo el mundo.

Jenny no pudo evitar mirar su pecho desnudo y brillante. Todavía llevaba puesta su camiseta y Mitch estaba imponente, parecía todopoderoso en medio de aquel caos.

–He hablado con el jefe de bomberos –continuó él–. Piensan que el rayo ha quemado el sistema eléctrico de tu casa.

Miró a Emily.

–¿Se va quedar contigo esta noche? –le preguntó.

–Me temo que no va a poder ser. Tengo gatos –respondió esta.

–Tendré que irme a un hotel –dijo Jenny.

En el Family Inn las habitaciones tenían una pequeña cocina y los precios eran razonables. Jenny intentó no agobiarse con todo lo que tendría que hacer en los próximos días.

–¿Por qué no vamos todos a mi casa por el momento? –sugirió Mitch, apoyando la mano en el hombro de Jenny.

El gesto la reconfortó demasiado, así que se zafó de él. No podía depender de Mitch.

–Nos secaremos –continuó él, aclarándose la garganta y bajando la mano–. Podemos cenar algo y pensar qué es lo próximo que vamos a hacer.

–Buena idea –dijo Emily al instante.

Jenny asintió. Estaba empezando a tener frío. Además, no podía seguir allí mucho más tiempo. Tenía que ponerse en marcha y organizar el resto de su vida.

Dado que toda la ropa de Jenny se había quemado en el incendio, Mitch le había pedido a Cole que parase en la gasolinera y le comprase unos pantalones de chándal y un jersey de su talla. Le había ofrecido su ducha y le había preparado una hamburguesa con queso para que se la comiese sentada cómodamente mientras aclaraba sus ideas.

En esos momentos, después de terminar de cenar y de recoger, y mientras todos menos ella jugaban al póker en el salón, la vio pasear por el porche. Había dejado de llover una hora antes y la luna brillaba en lo alto del cielo.

Mitch le hizo un gesto para invitarla a jugar y salió a buscarla.

Estaba descalza sobre el suelo mojado, ya que a Cole no se le había ocurrido comprarle zapatos ni calcetines y los suyos seguían en un montón delante de la lavadora de Mitch.

Este miró su trasero y se preguntó si Cole habría pensado en la ropa interior, pero pronto apartó aquella imagen de su mente y se reprendió.

Si había algo de caballero en su interior, tenía que salir en ese momento. Se prometió a sí mismo que iba a darle apoyo, nada más.

–Hola –le dijo en voz baja al acercarse.

Ella giró el rostro y esbozó una sonrisa.

–¿Estás bien? –le preguntó Mitch, parándose a su lado, en la barandilla.

Jenny se encogió de hombros y volvió a mirar hacia el campo de golf. Su aspecto era particularmente delicado debajo de aquella enorme sudadera.

–Estoy bien.

Mitch no la creyó.

–Sí, claro.

–De verdad, estoy bien.

–Acabas de perder todo lo que tenías –le dijo él.

Jenny se giró para mirarlo.

–Gracias por recordármelo.

–Jenny.

–Te lo digo de verdad. Casi se me había olvidado.

Él apretó la mandíbula.

Era normal que Jenny estuviese disgustada.

Y si necesitaba desahogase, podía hacerlo con él.

Pero Jenny guardó silencio.

–Continúa –le dijo él.

–¿Qué?

–Que saques todo lo que llevas dentro. Grítame.

–¿De qué me serviría eso?

En esa ocasión fue él quien se sintió frustrado.

–Deja de ser tan lógica y analítica. Haz lo que tengas que hacer.

Ella bajó la vista a su ropa.

–Lo que tengo que hacer es ir de compras. A lo mejor mañana llego tarde a trabajar, jefe.

–Ya sabes que no me refería a eso.

–¿A qué te referías?

–Me refería a que tienes derecho a estar enfadada con el mundo entero. Sácalo, Jenny.

Ni siquiera Jenny podía estar tranquila después de lo ocurrido.

–No hay nada que sacar.

–Claro que sí.

La mirada de Jenny se perdió. Pasaron varios segundos, pero por fin habló.

–Sé que te parecerá extraño.

Como Mitch no tenía ni idea de a qué se refería, esperó a que continuase.

–Emily ha dicho que debería hacer una casa nueva –dijo Jenny–. Y me ha parecido bien. Me gusta la idea de empezar de cero y construir una vida que refleje lo que soy hoy, y no...

Mitch esperó.

–¿Qué es lo que me tiene que parecer extraño? –preguntó por fin.

–Os he oído –dijo Jenny–. Una persona normal estaría un poco disgustada si se le hubiesen quemado todas sus pertenencias.

–¿Un poco disgustada?

A Jenny le daba igual haberse quedado corta.

–Lo cierto es que a mí no me importa –continuó.

–Claro que te importa.

Era evidente que estaba en estado de *shock*. O tal vez quería negar lo ocurrido.

Ella negó con la cabeza.

–No me importa. Solo son cosas, Mitch. Puedo comprar otras nuevas.

–No son las cosas en sí –le dijo él–. Sino lo que representan en tu vida, tus logros, tus hitos.

–Supongo que no he conseguido nada.

–Eso es ridículo.

El club no funcionaría sin ella.

Jenny se estremeció.

–Tal vez no sea el mejor momento... –dijo, echándose a reír–. O tal vez tú no seas la mejor persona.

Él encendió la estufa de propano que había en el porche. Era evidente que no le gustaba pensar que no era la mejor persona para ayudar a Jenny.

–Será mejor que lo dejemos –le dijo ella.

–Has logrado muchas cosas en la vida –insistió Mitch–. Pregúntaselo a diez personas de Royal y te dirán lo mismo que yo.

–He dicho que es mejor que lo dejemos.

–No estás siendo sensata.

–Es normal. Se me acaba de quemar la casa.

–¿Todavía estás conmocionada?

Estudió su rostro. No estaba pálida, ni estaba temblando. De hecho, teniendo en cuenta lo ocurrido, parecía tranquila.

–Que no tenga un montón de recuerdos que me dé pena haber perdido no quiere decir que esté conmocionada.

Mitch intentó comprenderla.

–Todo el mundo tiene recuerdos.

Y fuesen los que fuesen los de Jenny, tenía que estar disgustada por haberlos perdido.

Ella rio con frialdad.

–No todos hemos tenido una infancia estupenda, Mitch.

La de él tampoco había sido perfecta, ni mucho menos.

–¿Estás enfadada conmigo?

–No. No estoy enfadada con nadie –respondió ella, alejándose de la barandilla y dejándose caer en uno de los sofás–. ¿Por qué no hablamos de ti?

Mitch dudó, pero supo que cada persona reaccionada de una manera distinta después de una situación de estrés. Se sentó en el sillón que había enfrente de ella.

–¿Qué quieres saber?

–Háblame de tus recuerdos. ¿Qué es lo que más te dolería perder en un incendio?

¿Además de a ella?

Eso no podía decírselo.

Lo pensó.

–Mi trofeo Fitzpatrick.

–¿Por qué?

–Porque me costó mucho ganarlo. Y no creo que vuelva a hacerlo.

–Entonces, ¿te recuerda a algo bueno?

–Sí.

Más o menos.

Le recordaba sobre todo al testarudo de su padre, y cómo él había conseguido demostrarle que no era un caso perdido.

–Me causó una enorme satisfacción ganarlo –añadió.

Ella lo miró fijamente.

–¿Qué más?

–No sé. Lo normal. Fotografías, diplomas. ¿Por qué estamos hablando de mí?

–Porque es más divertido que hablar de mí.

–De eso nada. Cuéntame qué has perdido exactamente esta noche.

–En cualquier caso, no he perdido un trofeo –respondió ella.

–Pero hay otras cosas igual de importantes. Fotografías de la fiesta de tu décimo cumpleaños, por ejemplo. O tus maravillosas notas del colegio.

Mitch estaba seguro de que había sido una niña casi perfecta, siempre puntual, siempre limpia, trabajadora.

En resumen, el sueño de cualquier profesor.

Y él era un canalla.

Impulsivamente, se sentó a su lado en el sofá.

–No tenía fotografías de mi décimo cumpleaños –le dijo ella–. Ni notas. A mi madre le gustaba limpiar, es gracioso.

Apoyó la cabeza en el respaldo del sofá y a Mitch le apeteció acariciarla, pero se contuvo. Era evidente que Jenny tenía algo importante en la cabeza.

–¿Has oído hablar de esas personas que acumulan cosas en casa?

–Por supuesto.

–Pues a mamá le ocurría lo contrario. Tenía una especie de trastorno obsesivo compulsivo. Ahora se medica, pero bueno, digamos que estoy acostumbrada a empezar de cero en materia de objetos mundanos.

Mitch se acercó más.

–¿Qué quieres decir?

–Quiero decir que lo tiraba todo. Una vez al año, más o menos, pasaba por un mal momento emocional y tiraba todas las cosas que había en mi habitación.

Mitch guardó silencio.

–De pequeña intentaba tenerla siempre limpia y ordenada –le siguió contando Jenny–. Las muñecas colocadas por tamaño, la ropa planchada, las fotografías por orden alfabético...

–¿Te planchabas tú la ropa? –preguntó él con incredulidad.

–No servía de nada. Seguía tirándolo todo.

–¿Por eso eres tan meticulosa y eficiente?
–En pequeñas dosis, es bueno.
–¿Pero te gusta ser así?
A Mitch nunca se le había ocurrido pensar que tal vez no le gustase.
Oyeron risas en el salón.
Jenny no respondió y Mitch se dio cuenta de que no la conocía tan bien como pensaba.
¿Era infeliz?
–Puedes cambiar –le dijo.
–He cambiado.
–No me refiero a vestirte sexy para ir a una boda y ponerte tan guapa...
Ella le puso el dedo índice en los labios, pero ya era demasiado tarde. Mitch estaba a punto de besarla otra vez.
En el interior, Cole gritó triunfante y Mitch se dio cuenta de que no estaban solos. Pero le daba igual.
Tomó la mano de Jenny y se la llevó suavemente a la mejilla.
–¿Qué voy a hacer contigo? –le preguntó con voz ahogada.
Pasó un momento.
–Llevarme a un hotel.
Por un segundo, Mitch la malinterpretó y sintió todavía más deseo, pero entonces lo entendió.
–Quieres decir sin mí, ¿no?

***

Ella se ruborizó y apretó los labios. De repente, estaba enfadada.

–No es justo que me confundas de esa manera. ¿Qué es lo que quieres, Mitch?

–Lo que quiero y lo que puedo tener son dos cosas completamente diferentes.

–Fuiste tú quien dijiste que no podía ser –le recordó Jenny.

–Y te expliqué el motivo.

–No.

Mitch no recordaba bien qué era lo que le había dicho, aunque estaba seguro de que se lo había explicado.

–Es porque tú eres tú, y yo soy yo.

Ella se puso en pie.

–Estupendo. Tú eres un personaje famoso y yo una chica aburrida, corriente.

–No, no...

–Lo he entendido, Mitch –lo interrumpió, fulminándolo con la mirada y levantando ambas manos– Hazme un favor. Vamos a seguir teniendo una relación estrictamente profesional a partir de ahora. No quiero saber nada de tu niñez, ni quiero que tú sepas nada de la mía.

–Tiraba los calcetines sucios a un rincón de la habitación.

Ella parpadeó, confundida.

–Cuando era niño –le explicó él, negándose a zanjar la conversación.

Quería saber más cosas de ella y quería que Jenny supiese más cosas de él.

–De adolescente, tiraba la ropa en un rincón y no la recogía –continuó.

–¿Por qué…?

–Mi madre se ponía enferma. Y mi padre me gritaba. Aunque me gritaba por cualquier cosa, la verdad, sobre todo cuando jugaba al fútbol.

–Mitch…

Él hizo caso omiso de su interrupción.

–Desde los nueve años, todo lo que salía mal en un campo de fútbol era culpa mía. Mi padre me decía que era un fracasado, que no lo intentaba lo suficiente.

Jenny lo estaba mirando con pena. Y él odiaba que lo mirasen así, pero saliendo de ella, podía soportarlo. Era mejor que la indiferencia.

–Pero en las entrevistas –dijo Jenny–, te he visto con él. Y lo alabas por lo mucho que te apoyó.

–Sí, ¿verdad?

–¿Es todo mentira?

–Tenemos el acuerdo tácito de cambiar la historia.

Jenny se sentó.

–¿Estás intentando hacer que me interese por ti?

–Sí. No.

Mitch ni siquiera sabía lo que quería.

Tomó su mano e hizo acopio de valor y de honor.

Al fin dijo:

–Soy un canalla y un mujeriego, y soy capaz de engatusar a casi todo el mundo. Consigo la mayoría de las cosas casi sin esfuerzo, y no las aprecio tanto como debería.

Ella lo estaba mirando con ternura.

–¿Eso te decía tu padre?

–Y tenía razón.

–¿Y si no es cierto?

Mitch sacudió la cabeza.

–No, Jenny. No te convenzas a ti misma de que merezco la pena.

–No te convenzas tú de que no la mereces.

–Yo...

–Tienes mucha labia, Mitch. Eres inteligente y diplomático, y sé que me has estado manipulando como manipulas a todo el mundo, pero eres mucho más que eso y me lo acabas de demostrar.

–Ódiame, Jenny.

–No puedo.

–Si pudieses leerme el pensamiento en estos momentos, lo harías.

–Dime en qué estás pensando.

No podía hacerlo.

Pero ella lo estaba mirando fijamente.

–En ti –admitió por fin, decidido a terminar con aquello de una vez por todas–. En ti desnuda. Encima de mí. Con el pelo suelto y los pechos desnudos brillando bajo la luz de la luna.

Ella abrió los ojos tanto como pudo, separó los labios.

–Estás besando todo mi cuerpo, y yo el tuyo. Dices mi nombre, me pides más, que lo haga con más fuerza. Me clavas las uñas en los hombros, pero me gusta, porque lo haces tú. Y llegamos al orgasmo juntos, y dura una eternidad, y es el mejor sexo que he tenido en toda la vida.

Jenny parpadeó muy despacio, tenía las mejillas enrojecidas.

–¿Y sabes qué, Jenny? –añadió él–. Que es una aventura de una noche. Al día siguiente vuelvo al equipo, a las fiestas y a las chicas, y me olvido completamente de ti.

Entonces se hizo el silencio.

Jenny frunció el ceño y apretó los labios con ira.

–Mentira.

Él rio.

–Es la cruda realidad, cariño. Te mentiría si te dijese lo contrario.

Ella se apartó de él.

–Tienes razón al sospechar que te he manipulado. En cuestión de sexo, no confíes nunca en mí.

Jenny se levantó y retrocedió un par de pasos sin apartar la vista de él.

Parecía sorprendida.

Fue entonces cuando Mitch se dio cuenta de que Emily, Cole y Jeffrey lo habían oído todo.

Emily corrió a abrazar a su amiga y la llevó enseguida hacia la puerta.

Cole lo miró con desprecio y las siguió.

Jeffrey se sentó con él justo cuando la puerta de la casa se cerraba.

–Te has pasado –comentó–. Nunca te había visto así.

–Merece saber la verdad.

–Esa no es la verdad. Te estabas protegiendo de alguien que te importa –le dijo Jeffrey–. Estabas intentando espantarla.

Capítulo Ocho

Jenny continuaba aturdida por las palabras de Mitch mientras seguía a Emily y a Cole al interior de la casa de este.

–¿Qué os pasa a los hombres? –le preguntó Emily a Cole mientras cerraba la puerta tras de ellos.

–No nos metas a todos en el mismo saco –le advirtió Cole, entrando en el salón.

Luego señaló hacia unas escaleras y miró a Jenny.

–Tengo tres habitaciones. Puedes escoger la que quieras. No voy a permitir que te vayas a un hotel, ni esta noche ni ninguna otra.

Jenny le estaba muy agradecida. Estaba cansada y se sentía dolida, solo quería que aquella noche terminase.

–Se ha comportado como un cretino –continuó Emily.

–No vas a conseguir discutir conmigo –le advirtió Cole.

–¿Creéis que debería dejar el trabajo? –les preguntó Jenny, intentando guardar la compostura.

–No –le respondió Emily.

–Se irá él antes –dijo Cole–. ¿Alguien quiere vino? ¿Whisky? ¿Cerveza?

Jenny sabía que Mitch le había querido dejar claro que no estaba interesado en tener una relación, pero, a pesar de todo, no podía sacárselo de la cabeza. Y verlo todos los días solo empeoraría las cosas.

–No me veo capaz de enfrentarme a él –le dijo a Emily.

–Tendría que ser al revés –espetó su amiga.

Tal vez tuviese razón, pero no era la realidad.

–¿Crees que daría buenas referencias de mí?

Cole tomó una botella de cristal con un líquido ambarino.

–Yo te daré las referencias. Y el trabajo. Solo tienes que pedírmelo, Jenny. Dime qué quieres hacer y te lo conseguiré.

Jenny no pudo evitar sonreír a Cole. Se sentía mucho mejor rodeada de amigos incondicionales.

–¿Conoces a algún chico simpático, Cole? ¿Queda alguno libre en el mundo?

–Yo soy un chico simpático –le respondió él.

–¿Saldrías conmigo?

–Por supuesto –respondió, mirando a Emily.

Jenny sonrió.

–O, mejor, ¿no tienes algún amigo? Podríamos salir los cuatro juntos.

–¿Perdona? –intervino Emily.

Jenny la ignoró.

–Cualquiera menos Mitch.

–¿Quieres que te busque pareja? –le preguntó Cole.

–Eso es.

–Conmigo no contéis para esto –les advirtió Emily.

Cole le dio un vaso con whisky.

–Nadie te ha pedido tu opinión.

–Os la voy a dar de todos modos.

Él la miró a los ojos.

–Elije la hora, la fecha y el lugar. Haremos lo que tú quieras.

Emily lo fulminó con la mirada.

–El lugar no es el problema.

–Entonces, ¿cuál es el problema?

–Tú –espetó ella.

–Casi no me conoces –contraatacó Cole.

–Eres bajito.

–Soy más alto que tú.

–Ja.

–Siempre y cuando no lleves demasiado tacón, claro. Dime, ¿adónde quieres que vayamos?

–A ninguna parte.

Jenny observó la discusión fascinada, preguntándose quién ganaría.

–¿Vas a abandonar a tu mejor amiga cuando más te necesita? –le preguntó Cole a Emily.

–Jenny no tiene nada que ver con esto.

–Voy a buscarle pareja, le han roto el corazón y voy a ayudarla a recomponerlo.

–No tengo el corazón roto –intervino Jenny.

Tal vez herido, eso sí.

–No tiene el corazón roto –repitió Emily.

–Me ha pedido que le busque pareja.

–A ella, no a mí.

–Necesita apoyo moral. Ahora dime, ¿adónde quieres que vayamos?

Emily apretó los labios con terquedad y, a pesar de todo lo ocurrido, Jenny tuvo que contener las ganas de echarse a reír.

–Tengo entradas para el Longhorn Banquet en Austin, para el próximo fin de semana –comentó Cole sonriendo con timidez.

Jenny pensó en silencio que acababa de ganar un punto. Aquel era un evento anual que reunía a las personas más importantes de Texas y cuyas entradas costaban una fortuna.

–Y espera a ver mi jet privado –añadió Cole–. Además, he alquilado una casa en el lago Austin. Justo a la orilla, con seis dormitorios, spa, piscina y servicio. Jenny puede venir con nosotros. Y le conseguiré una pareja.

–Me apunto –dijo Jenny sin dudarlo.

Emily se giró a mirarla.

–No te dejes engañar –exclamó–. Nos está chantajeando.

–Pues yo se lo voy a permitir –admitió Jenny–. Es posible que salga bien.

Emily miró fijamente a su amiga y luego apoyó una mano en el pecho de Cole.

–Está sonriendo –le dijo–. La has hecho sonreír.

–Sí –dijo él, aceptando el mérito e inclinándose casi imperceptiblemente hacia Emily.

–¿De verdad quieres hacerlo? –le preguntó Emily a Jenny–. ¿Piensas que te hará sentir mejor?

–Solo sé que no quiero quedarme encerrada, llorando por Mitch.

–Es un cerdo.

–Sí –admitió Jenny, aunque no pudo evitar recordar la expresión de su rostro cuando le había hablado de su padre.

Jamás habría imaginado que tendrían en común una niñez difícil.

–De acuerdo –dijo Emily.

–¿Eso es un sí? –preguntó Cole esperanzado.

–Lo hago por Jenny, no por ti –le advirtió Emily.

–Por supuesto –dijo él sonriendo–. Solo tenéis que decirme qué vais a querer. Podéis hacer sugerencias al chef acerca de la comida, el vino, podéis escoger los arreglos florales, las sábanas. Hay un todoterreno con chófer a nuestra disposición, pero si lo preferís puedo alquilar una limusina.

Jenny le dio un codazo a su amiga.

–¿Cómo es que no estás saliendo ya con él?

–Porque es demasiado bajito –dijo Emily.

–Me compraré unas alzas –comentó Cole.

Jenny no pudo evitar reír.

–Me marcho –anunció Emily.

Cole la miró decepcionado, pero Emily no se dio cuenta porque tenía toda la atención puesta en su amiga.

–Iré a buscar algo de ropa y otras cosas y volveré en media hora. Mañana iremos de compras.

No se había podido salvar nada de la casa, el informe del seguro era claro y conciso, y la limpieza había empezado de inmediato. Jenny había ido a verla una vez, el sábado por la mañana, pero después había decidido que tenía que centrarse en el futuro, y no pensar demasiado en el pasado.

La casa ya no estaba allí, pero el lago seguía siendo igual de bello y las marcas negras de la tierra desaparecerían.

Emily tenía razón. Iba a construir una casa completamente nueva.

Se tomó el lunes libre para hacer una larga lista de recados e instalarse en la habitación de invitados de Cole. Emily también estaba de acuerdo en que estaría mejor allí que en un hotel.

Jenny se quedó sorprendida al ver que su amigo tenía cocinera, jardinero y ama de llaves. Todos eran muy agradables y parecían decididos a tratarla como si fuese una princesa. Cuando mencionó casualmente que solía llevar algo de merienda al club los martes, al entrenamiento que hacían los chavales, María, la cocinera, insistió en preparar unas magdalenas.

La bandeja de deliciosas magdalenas de chocolate atrajo más miradas de las habituales cuando Jenny apareció en el campo de fútbol el martes por la tarde.

Mitch había organizado los entrenamientos nada más llegar al club y gracias a su presencia eran muchos los chicos que se habían apuntado. Al ver la alta participación, otros miembros del club habían montado distintos talleres para enseñar a los jóvenes desde álgebra hasta planificación de su carrera profesional, pero los martes seguían dedicándose al deporte y Jenny se había acostumbrado a llevar siempre algún bizcocho.

Normalmente dejaba la merienda al lado del agua, saludaba a todo el mundo con la mano y volvía a trabajar, pero esa tarde se quedó allí parada. Le habría gustado estar enfadada con Mitch, pero no pudo evitar fijarse en lo bueno que era con los chicos. Y se acordó de la historia de su padre.

¿Tendrían algo que ver ambas cosas? ¿Estaría intentando hacer por aquellos chavales lo que su padre nunca hizo por él?

Recordó también el incidente de la playa, en el que Mitch había defendido al niño más pequeño.

¿Cómo era posible que pensase que era una mala persona?

Como el día anterior no había ido a trabajar y como esa mañana él había tenido varias reuniones fuera del despacho, casi no habían hablado. Por un lado, no había habido oportunidad de tener conversaciones incómodas, pero, por otro,

Jenny sabía que antes o después tendrían que hablar.

El lunes había escrito y tirado a la basura tres cartas de renuncia. Una parte de ella deseaba alejarse lo antes posible de Mitch, pero en el fondo le encantaba su trabajo en el club y se decía que era lo suficientemente adulta como para solucionar aquello.

Cole tenía razón. De un modo u otro, Mitch se marcharía de Royal muy pronto y saldría de su vida. Como tarde, después de las elecciones, que tendrían lugar en diciembre. No faltaba tanto. Jenny podía aguantar hasta entonces.

Mitch se estaba acercando a ella.

Jenny pensó en volver a su despacho en ese momento. Luego, apagaría el ordenador mientras él terminaba con los chicos y volvería en el coche de alquiler a casa de Cole.

–Hola, Jenny –la saludó Mitch, recorriendo los últimos metros rápidamente.

–Hola, Mitch.

Él miró la enorme bandeja de magdalenas de chocolate que había en la mesa.

–Los chicos se van a poner muy contentos.

–Las ha hecho María.

Él asintió.

–Entonces, ¿has decidido quedarte con Cole?

–¿No te lo ha dicho? –preguntó ella sorprendida.

Sabía que Mitch y Cole eran muy amigos.

–Me parece que no me habla.

Ella no supo cómo responder a eso. Emily y Cole habían oído lo que Mitch le había dicho y estaban enfadados con él. No obstante, Jenny esperaba que terminasen olvidándolo.

Y por olvidarlo ella misma.

–Vaya, lo siento.

–¿Lo sientes? –le preguntó él.

–Sí, siento que Cole esté enfadado contigo.

–Lo superará –le dijo Mitch–. ¿Y tú?

–¿Yo?

–¿Vas a dimitir, Jenny?

Ella respiró hondo, pensó que no.

–Deja que dimita yo –le dijo Mitch.

–¿Qué? No. Tú no puedes dimitir –replicó Jenny, señalando el campo de fútbol–. Están los chicos, los miembros, todo el mundo depende de ti. Yo sí soy prescindible.

Él se acercó un paso más.

–Te equivocas. El prescindible soy yo. Tú eres indispensable. No obstante, me quedaré si tú te quedas.

–De acuerdo –aceptó Jenny–, pero me tienes que prometer que no intentarás nada conmigo –añadió en tono de broma.

–Eres increíble, Jenny.

–Soy una superviviente, Mitch.

–Pero no hace falta que sobrevivas al club. No te preocupes tanto por tu trabajo. Relájate un poco. Puedes cometer errores, no va a morirse nadie.

–¿Crees que sería capaz de cometer errores?

–No lo sé –admitió él–, pero me gustaría averiguarlo.

Por el rabillo del ojo, Jenny vio a los niños acercarse a las magdalenas.

–Te diré una cosa –le dijo a Mitch–. Voy a dejar de ordenar los lapiceros por colores.

Él se llevó una mano a la barbilla, como si estuviese reflexionando.

–No sé, Jenny. ¿Y si después de eso llega la anarquía?

El primer adolescente llegó a la mesa.

–Eh, señor H., Jenny. ¡Qué pinta tienen las magdalenas!

–Sírvete, Scott –le contestó ella al chico.

–Increíbles –dijo otro.

–¡Eres la mejor! –gritó Terry.

Jenny retrocedió para alejarse de todo el barullo. Supo que Mitch la estaba mirando, pero no le devolvió la mirada. Habían terminado la conversación bromeando. No podía pedir más.

–No puedo creer que todo esté yendo tan deprisa –le dijo Jenny a Emily mientras extendían varios planos de casas encima de la mesa de cristal del salón de Cole.

Este se había quedado sentado cómodamente en un sillón cerca de las puertas de cristal, escribiendo algo en el ordenador. Tenía la camisa remangada y la corbata floja.

–Si va a haber algún cambio en los cimientos

será mejor avisar lo antes posible –comentó, levantando la vista–. Ahorrará dinero a largo plazo.

–¿Sabes algo de construcción? –inquirió Emily.

–Un poco.

–¿Hay algo de lo que no sepas? –replicó.

Cole hizo una pausa para pensar.

–De mujeres –respondió por fin–. En especial, de ti.

Jenny no pudo evitar echarse a reír.

–Eres tonto –le dijo Emily.

–¿Sí? Pues vas a salir conmigo.

–Solo el sábado por la noche.

–Ya veremos –respondió Cole, sonriendo confiado–. A lo mejor la media noche del sábado llega demasiado pronto y resulta que es domingo y sigues saliendo conmigo.

–Creído –murmuró Emily entre dientes.

–Yo creo que es muy mono –dijo Jenny también en un susurro.

–No quiero acostarme con ningún mono –replicó su amiga sin levantar la voz.

–¿Por qué no?

–Porque quiero quedarme embarazada.

Ah, sí. Y quería quedarse embarazada de un hombre alto y fuerte.

–¿Preferirías hacerlo con Emilio?

–¿Qué?

–Es alto, moreno, y seguro que tiene genes futbolísticos en su ADN.

Emily frunció el ceño.

–Tal vez, pero es un poco... No sé. ¿A ti te parece sexy?

–No creo que sea eso lo que importa. ¿A ti quién te gusta?

–Todavía estoy buscando.

–No sé si sois conscientes de que os estoy oyendo –dijo Cole.

Emily se ruborizó y se puso muy recta en la silla.

–No estamos hablando de ti –replicó.

–Ya lo sé. Estáis hablando de Emilio.

Cole levantó de nuevo la vista y miró a Emily a los ojos. En esa ocasión estaba enfadado.

Mientras la tensión iba creciendo, Jenny decidió levantarse de la silla.

–Creo que será mejor que os deje a los dos...

–¡No! –exclamó Emily–. Siéntate. Estamos eligiendo tu casa nueva. Esta. Me gustan los suelos de madera y que tenga mucho cristal.

En ese momento sonó el timbre y Cole se levantó de su sillón. Dado que el ama de llaves podía ir a abrir, Jenny supuso que era una excusa para marcharse de allí. Y lo más normal era que no volviese.

–Mira todos esos armarios empotrados –dijo Emily, señalando un plano–. Tendrás mucho sitio para tu ropa nueva.

–Emily... –empezó Jenny.

–¿Qué?

–El tema de Cole. ¿Te sientes...?

–Estoy bien.

–Pero…

Se oyó un portazo y pasos en el pasillo.

–Está volviendo –dijo Emily–. No te preocupes. Puedo ocuparme de Cole.

–… solo si no está demasiado ocupada –dijo Mitch desde el pasillo.

Jenny se quedó inmóvil y se le encogió el estómago.

–Está en el comedor –respondió Cole.

Jenny miró a Emily a los ojos.

Esta le apretó la mano.

–¿Estás bien?

Jenny asintió e hizo caso omiso del cosquilleo que tenía en la boca del estómago.

–No te preocupes. Hoy ya hemos hablado un par de veces en el trabajo. No ha pasado nada. Estoy bien.

–¿Emily? –la llamó Cole desde el arco de la puerta–. Mitch necesita hablar con Jenny.

Emily se giró sin levantarse de la silla.

–No pienso…

–Emily –gruñó Cole–. Ven.

–Vale –protestó esta–, pero pienso quedarme cerca.

Luego miró a su amiga.

–Llámame si me necesitas.

–Lo haré –respondió Jenny, conteniendo una sonrisa al ver que su amiga quería protegerla.

Emily fue hasta donde estaba Cole y Mitch entró inmediatamente, llenando el espacio con su cuerpo alto y fuerte.

Estaba más guapo que nunca.

Jenny se dijo que tenía que dejar de sentirse atraída por él. Aunque estar enfadada con él no era mucho mejor. Le producía el mismo desasosiego.

–Jenny –dijo él con voz profunda–. Siento molestarte después del trabajo.

–No pasa nada –respondió ella de inmediato. Tenía curiosidad. ¿Habría pasado algo en el club?

Él posó la vista en los papeles que había encima de la mesa.

–Solo estábamos mirando unos planos –le explicó ella.

–¿Has elegido algo ya?

Jenny negó con la cabeza.

–¿Va todo bien por el club?

Mitch se sentó en la silla que Emily había dejado vacía, justo a su lado, haciendo que su cuerpo respondiese a la cercanía. Se le aceleró el pulso y se puso a sudar.

–He estado buscando la carta para el senador. La de la semana pasada.

–¿Y no la has encontrado en el ordenador? Debería estar en la carpeta de gobierno federal, asuntos financieros y apoyo político –le dijo Jenny.

–Ah. Apoyo político. Miraré allí.

–¿La necesitas esta noche? ¿Puedo buscártela si quieres? Seguro que a Cole no le importa que utilice su portátil para conectarme.

Mitch negó con la cabeza.

–Puedo esperar a mañana.

–De acuerdo –dijo ella.

Aunque no entendió qué hacía allí si podía esperar al día siguiente.

Capítulo Nueve

Mitch no había perdido la carta. De hecho, la carta no podía importarle menos. Solo había buscado una excusa para ir a ver a Jenny. En el trabajo le había parecido que estaba bien, pero seguía sintiéndose culpable por cómo la había tratado.

Necesitaba disculparse otra vez, pero no quería volver a tocar el tema. Suponía que quería que Jenny entendiese por qué no le convenía, pero que siguiese fijándose en él.

Miró los tres planos que había encima de la mesa.

–¿Cuál te gusta más? –le preguntó.

–¿Seguro que no quieres...?

–No te preocupes por la carta. Háblame de la casa.

–Todavía no me he decidido –respondió ella, mirando los planos también.

Mitch los cambió de posición para tenerlos justo delante y se dio cuenta de que las tres casas eran muy distintas. La primera era muy moderna, con mucho cristal y muchos ángulos, habitaciones grandes. La segunda era bonita, pero práctica al mismo tiempo, con dos pisos, tres habitaciones en la planta alta, un baño y un pequeño balcón con vistas al lago en la principal.

Fue la tercera la que más llamó su atención. Era todo arcos y detalles, de estilo francés. Los techos eran altos y todas las habitaciones tenían balcones y enormes ventanas.

Levantó uno de los planos.

–¿Emily ha escogido este?

–Emily ha escogido la casa más moderna.

–¿Y tú?

–A mí me gusta esta.

–¿Por qué? –le preguntó él.

–¿Qué quieres decir?

–¿Que por qué has elegido estos tres planos entre las muchas opciones que podías tener?

–Porque quiero algo completamente distinto a lo que tenía –respondió ella en tono defensivo.

–Me gusta –dijo él, refiriéndose al más moderno.

–Pues a mí me parece poco práctico. Ni siquiera sé por qué lo he puesto en la lista de mis favoritos.

Él le tomó las manos.

–No soy tu madre, Jenny.

–¿Qué quieres decir? –preguntó ella, zafándose.

–Que puede gustarte algo solo porque sí. No necesitas una excusa, ni tiene por qué ser siempre funcional, práctico y utilitario.

–No voy a hacer construir una casa que no sea práctica.

–Yo lo haría –le dijo Mitch con toda sinceridad.

La haría a su gusto. Y podría construirla en un abrir y cerrar de ojos si Jenny quería.

Apartó aquella ridícula idea de su mente.

–Las ventanas altas serán horribles de limpiar, y no puedo permitirme el lujo de comprar muebles de diseño.

–Van a darte la indemnización del seguro.

–Aun así.

–¿Y si tuvieses un presupuesto ilimitado?

–No es así.

–Imagínalo un instante. ¿Y si lo tuvieras?

Ella apretó los labios, pero Mitch esperó.

–Está bien –capituló Jenny, señalando los planos de la casa de estilo francés–. Si tuviese un presupuesto ilimitado, escogería esta y le añadiría un enorme porche en la parte trasera, y una torrecilla delante. Justo aquí. En la planta baja habría un salón redondo con muchos ventanales. Compraría muchos cojines y cortinas con volantes, todo con motivos florales, para que pareciese un jardín. Y pondría una gruesa moqueta verde.

–¿Verde?

–Como la hierba. Y todo sería suave.

Él se fijó en que tenía las mejillas sonrosadas, estaba haciendo un puchero con los labios y sus largas pestañas oscuras le acariciaban el rostro cada vez que parpadeaba.

–Suave, me gusta.

–Esto es ridículo. No sé cómo me he dejado convencer para soñar despierta –protestó Jenny apartándose.

Él continuó estudiando su expresión. Como de costumbre, sintió deseo, en esa ocasión, un deseo atemperado por una especie de cariño, ternura y protección.

–No creo que sea ridículo tener sueños.

Jenny giró la cabeza para mirarlo.

–No sirve de nada tenerlos si es imposible que se cumplan.

Impulsivamente, Mitch alargó la mano y le metió un mechón de pelo detrás de la oreja.

–Esos son los únicos que merece la pena tener.

Ella se frotó la mejilla donde él le había tocado.

–¿De verdad? ¿Y tú con qué sueñas, Mitch?

Él no pudo contestar porque, en esos momentos, todos los sueños la incluían a ella.

Buscó una respuesta segura.

–Con jugar al fútbol.

Jenny sacudió la cabeza.

–Venga ya, Mitch. Eso no es un sueño. Eso es lo que haces en realidad. Estamos jugando. Tienes que pensar en algo que te vaya a ser imposible conseguir.

Él buscó en su mente una respuesta aceptable.

–No lo sé, Jenny. Hay muy pocas cosas que no pueda comprar –le dijo.

–Algo que no puedas comprar con dinero.

–¿La felicidad?

–Por ejemplo.

–Quiero que las elecciones del club salgan bien y que todos los miembros se sientan unidos bajo un mismo líder.

Jenny puso los ojos en blanco.

–Demasiado vago.

–¿Tú no lo quieres?

–Por supuesto que sí, pero eso lo quiere todo el mundo. Dime algo que sea solo para ti.

–Pues no se me ocurre nada.

–Inténtalo. Yo te he confesado cómo me gustaría que fuese mi casa. Venga.

–Pues deberías hacerlo realidad.

–Deja de dar rodeos.

Pero Mitch no podía hacer otra cosa, porque sabía muy bien qué era lo que lo haría feliz. Algo con lo que podía soñar, pero que jamás tendría. No se lo iba a decir a Jenny. Se negaba a hacerle daño otra vez.

–No te lo puedo decir.

–¿Por qué no? –insistió ella.

–Déjalo pasar.

–No voy a parar hasta que no me lo digas.

Él se quedó pensativo.

–Quiero que se me cure el hombro. Volver a jugar al cien por cien.

–Lo harás...

Mitch negó con la cabeza. Jenny era la primera persona a la que le contaba aquello.

–Me digo a mí mismo que estoy mejor, pero no es cierto.

Ella alargó la mano y le tocó el brazo.

–Tienes que tener paciencia.

–No se trata de tener paciencia, sino de las limitaciones físicas del cuerpo humano. Veo la cara que ponen el fisioterapeuta y el médico cuando voy a verlos. Me dijeron que me recuperaría en seis meses y llevo un año. Y en las últimas seis semanas no he hecho ningún progreso apreciable.

–Tengo entendido que a veces uno se estanca.

Él le dijo con la mirada que dejase de mentirle.

Jenny tragó saliva.

–¿De verdad es ese tu sueño?

–Sí.

Era el único del que podía hablarle.

El otro era una relación entre ambos en la que ella no saliese mal parada.

Imposible.

–¿Y puedo hacer algo para ayudarte? –le preguntó Jenny.

Parecía realmente preocupada y eso lo conmovió. Después de todo lo ocurrido, después de lo que le había hecho, era increíble que pudiese tratarlo así.

–¿Te han dicho alguna vez que eres una santa?

Ella se echó a reír.

–No, qué va. Mi madre solía decirme que era un diablo.

–Tu madre no tenía derecho a decirte eso.

–Estaba enferma.

–Era muy desagradable.

Jenny se encogió de hombros.

–Ahora ya da igual, ya no forma parte de mi vida diaria.

Mitch le tocó la frente con el dedo índice.

–Pues no permitas que viva aquí.

–No.

–Y construye la casa que quieres, Jenny.

–¿Me la vas a pagar tú?

Mitch tuvo que hacer un gran esfuerzo para no decirle que sí.

El miércoles por la noche, Jenny enrolló los planos de la casa de estilo francés y los metió en un tubo de cartón. La realidad era la realidad, y no podía tener esa casa.

–¿Jenny? –la llamó Cole desde la entrada.

Llegaba antes de lo habitual y no lo había oído entrar.

–Estoy aquí –respondió ella, dejando los planos en una estantería.

Cole había sido muy generoso dejando que se quedase en su casa. Le había dicho que podía quedarse todo el tiempo que quisiese, y que estaba empezando a considerarla como la hermana que nunca había tenido.

Dado que Jenny también había deseado siempre tener hermanos, sus palabras la habían conmovido mucho.

Cole entró en el salón aflojándose la corbata. Ya iba sin la chaqueta del traje.

–¿Te puedo pedir un favor, hermanita? –le preguntó, guiñándole un ojo.

–Dime.

–Me ha llamado Jeffrey Porter, de los Tigres.

–Ya sé quién es.

–Me ha ofrecido quinientos dólares para mi organización benéfica si le doy la cuarta entrada que me queda para el Longhorn Banquet.

–¿Y quieres que vaya de pareja con él? –preguntó Jenny.

–Sí. Ya no quedan entradas a la venta.

Jenny no tenía nada en contra de Jeffrey y quinientos dólares era mucho dinero.

–¿No pensará que vamos en pareja de verdad, no?

Cole negó con la cabeza.

–¿Qué me dices?

–Siempre y cuando me digas que no va a pensar lo que no es.

–No te preocupes. Acaba de romper con su novia, pero no le está buscando sustituta. Te aseguro que no le vas a romper el corazón.

–¿Ha sonado a que soy una creída?

–No, eres un encanto, Jenny Watson.

–Tú también.

–¿Se lo has dicho a Emily?

–Sí.

–Me alegro de que estés de mi parte, hermanita.

–Lo mismo digo –dijo ella, y dudó antes de añadir–: Hermanito.

Luego se echó a reír.

–Es la primera vez en mi vida que llamo a alguien así.

–Entonces, me doy por adoptado. ¿Has decidido ya qué vas a ponerte?

Ella negó con la cabeza.

–Había pensado en salir de compras hoy después de cenar.

Cole se metió la mano en el bolsillo del pantalón.

–Toma mi tarjeta de crédito.

–No seas ridículo.

–Quiero que te compres un vestido especial.

–No voy a aceptar tu tarjeta, Cole.

Él hizo caso omiso de sus palabras.

–De hecho, ¿por qué no llamas a Emily? Id a Maximillians y compraros un vestido cada una.

Jenny se quedó boquiabierta.

–¿A Maximillians?

¿Se había vuelto loco?

Si en esa tienda solo los bolsos costaban tres mil dólares.

Él le tendió la tarjeta platino.

–Si no me dejas que te compre un vestido a ti, Emily tampoco permitirá que se lo compre a ella.

–No te puedes gastar… No te puedes gastar nada en comprarnos un vestido.

–Claro que puedo. Es una de las ventajas de tener tanto dinero, que puedes gastarlo en lo que quieras.

–No.

–Hazlo por mí. Corrígeme si me equivoco, pero creo que Emily puede sentirse un poco atraída por mí.

Jenny pensaba que se sentía muy atraída por él, pero no quería admitirlo.

–Quiero ver hasta dónde es capaz de llegar, sin la barrera del dinero, para estar guapa para la cena del sábado. Hazme el favor, hermanita.

Luego tomó su mano y le dio la tarjeta de crédito.

–Es posible que Emily se gaste tu dinero solo para fastidiar –tuvo que advertirle Jenny.

–Me da igual lo que se gaste, solo me importa en qué se lo gasta.

–¿Estás seguro?

–Sí. Llámala. Ahora mismo.

Jenny guardó la tarjeta y buscó su teléfono.

–¿Qué esperas que se compre?

Cole se encogió de hombros.

–Lo sabré cuando lo vea.

Jenny llamó a su amiga, a la que le encantó el plan.

***

Mitch había visto marcharse a Jenny de casa de Cole hacía media hora, así que sabía que su amigo estaba solo. Lo echaba de menos y se sentía mal por haber estropeado su relación con él, además de haber metido la pata con Jenny.

Así que fue hacia su casa y vio salir a Cole por la puerta, con las llaves del coche en la mano.

–Hola, Cole –lo llamó, por si este no lo había visto.

Al parecer, no lo había visto, porque lo saludó sorprendido.

–Ah, hola, Mitch.

–¿Has quedado con alguna chica? –bromeó Mitch, acercándose más.

–No, voy... –empezó, metiéndose las llaves en el bolsillo–. Da igual.

Y dudó un momento más antes de añadir:

–¿Quieres una cerveza?

–No quiero entretenerte.

–No. No te preocupes. No era nada importante. Entra.

Mitch lo siguió.

–Tengo que contarte algo desde hace un par de días –le dijo Mitch, sintiendo que tenía que ir directo al grano.

–¿Es una buena noticia?

–Bastante buena.

Cole abrió la nevera.

–Me han preseleccionado para darme un premio en el Longhorn Banquet.

–¿El sábado? –preguntó Cole.

–Sí.
–¿Y te acabas de enterar?
–Me enteré la semana pasada, pero con todo lo que ha ocurrido, no quería... bueno, ya sabes, molestar por aquí.
–Es estupendo. Enhorabuena –dijo Cole, dándole un botellín de cerveza a Mitch.
–¿Qué te pasa?
–Nada.
–Cuéntamelo.
–Que tenía cuatro entradas –admitió Cole, abriendo su cerveza–. Así que invité a Emily. Y Jeffrey va a ir con Jenny.
–Qué cerdo.
–¿Yo?
–No. Jeffrey.
–Lo siento.
–No pasa nada. Tú no sabías que yo también iba a asistir, pero Jeffrey...
Mitch se enfadó.
Se había dicho a sí mismo cientos de veces que Jenny podía salir con quien quisiera, pero también le había advertido a Jeffrey que no se acercase a ella.
No había marcha atrás.
–Pues si Jeffrey lo sabía, ten cuidado con él, Mitch.
–Ya lo sé. Le advertí que no se le acercase, que no le hiciera daño.
Cole lo miró como si tuviese algo más que decir, pero, en su lugar, le quitó a Mitch el botellín

de la mano y lo dejó, junto al suyo, en la encimera de granito.

–Las he mandado de compras.

–¿A quién?

–A Emily y a Jenny. Les he dado mi tarjeta de crédito y las he mandado a Maximillians.

–Jenny no se va a gastar tu dinero.

–Por eso iba a ir a verlas, para asegurarme de que lo hacía.

–Pues voy contigo –dijo Mitch, dirigiéndose a la puerta–. Y no voy a permitir que le compres un vestido a Jenny. Se lo voy a comprar yo.

–¿Por qué no me sorprende? –comentó Cole en tono irónico–. Por cierto, suerte.

Mitch no necesitaba suerte. Era un jugador de fútbol profesional. Era fuerte, ágil, valiente y decidido. Y dado que Jenny iba a ir a la cena con Jeffrey, iba a hacer que se comprase un vestido que la tapase de la cabeza a los pies.

Pero al llegar a la tienda y verla probándose un vestido negro y largo, sin tirantes, se le secó la boca y notó que le temblaban las rodillas.

–Todos los hombres de la gala van a babear por ti –le estaba diciendo Emily.

Y eso era lo mismo que se temía Mitch.

Emily llevaba un vestido corto, de satén azul. También sin tirantes.

Mitch notó que Cole se detenía a su lado. Permaneció callado.

Jenny abrió mucho los ojos al mirarse al espejo y balbució:

–Es demasiado... demasiado...

«Demasiado todo», pensó él. Habría sido el vestido perfecto para ir a cenar con él, no con Jeffrey.

Emily entró en el probador con otro vestido y Jenny se giró y vio a Mitch.

–¿Qué estás haciendo aquí? –inquirió.

–Ha venido conmigo –dijo Cole, saliendo en su defensa.

–¿Por qué?

–Me ha entrado la curiosidad –le contestó Cole–. Y quería ver el vestido que había elegido Emily.

–¿Que por qué has traído a Mitch?

–Nos hemos tomado una cerveza.

Jenny apretó los labios.

–No pretendía entrometerme –dijo Mitch.

–Voy a hacer como si no estuvieras –anunció Jenny.

–Me parece bien. ¿Quieres que te dé mi opinión acerca del vestido que llevas puesto?

Ella lo fulminó con la mirada.

–Por supuesto que no.

–De acuerdo –le dijo Mitch, sin apartar la vista de ella.

–No te gusta, ¿verdad?

–El problema no es ese.

–Entonces, ¿cuál es el problema? Tienes el ceño fruncido.

–Que no es tu estilo.

–Ahora sí lo es. Voy a buscarle a Emily unos zapatos plateados.

–Y un bolso –añadió Cole, haciendo sonreír a Emily.

Emily fue a hablar con la dependienta. Después de que esta le hubiese dado dos pares de zapatos, se detuvo a contemplar un vestido con escote en V, de seda y con delgados tirantes. Los colores pasteles, románticos, no le pegaban.

Aquel vestido le recordó a Mitch a los planos de la casa. Y se preguntó si Jenny tendría un lado romántico y no era tan práctica y cuadriculada como él pensaba. La idea lo intrigó.

Mientras Jenny le llevaba los zapatos a su amiga, Mitch pensó que quería verla con aquel vestido puesto. Llamó a la dependienta y le pidió que se lo llevase al probador.

Luego se acercó.

Cole estaba discutiendo con Emily acerca del vestido que debía escoger.

–¿Por qué no te llevas el azul?

–¿Te ha gustado el azul? –le estaba preguntando ella.

–Elige el que quieras.

–Me gustan los dos.

–Pues llévate los dos.

–Eso voy a hacer –dijo Emily.

–Me temo que esta cita nos va a salir muy cara –le dijo Mitch a su amigo.

–Me da igual –respondió Cole.

–Espero que merezca la pena.

–Lo sabremos el domingo.

Entonces apareció Jenny con el vestido de seda y Mitch se quedó sin habla. Parecía una diosa, una ninfa recién salida de un jardín encantado.

Se acercó a ella como hipnotizado, con ganas de decirle que lo comprara, pero guardó silencio.

–No es mi estilo –comentó ella.

Mitch se acercó más.

–Imagina por un momento –le dijo en voz baja– que tú no eres tú.

–Eso es ridículo –respondió ella, pero sonriendo.

–Resalta tus ojos –continuó Mitch–. ¿Te gustaría?

–Tal vez si fuese una princesa, pero no creo que tenga oportunidad de volver a ponérmelo.

–Te lo regalo –le dijo él.

Y se arrepintió de haber dicho aquello al ver que Jenny dejaba de sonreír.

–Cole me ha contado su plan –añadió enseguida–. Y si van a ser muchos los gastos, puedo colaborar. ¿No te gustaría ser una princesa, solo una noche?

Y vio en sus ojos que lo estaba deseando.

Necesitaba aquel vestido y la casa de estilo francés.

Y se prometió a sí mismo que movería cielo y tierra para que los tuviera.

–Por una vez en la vida –le dijo–. Haz realidad tu sueño.

Jenny dudó. Luego se volvió a mirar en el espejo. Giró, haciendo volar la falda.

Y sonrió.

A Mitch se le encogió el pecho. Se dijo que era una reacción completamente normal. Apreciaba a Jenny y quería que fuese feliz. Se lo merecía.

Capítulo Diez

El gobernador había entregado los premios, y la cena y los discursos habían terminado.

Mitch tenía su placa encima de la mesa, pero aquel estaba siendo uno de los peores días de su vida.

Solo podía ver a Jenny con Jeffrey, en vez de estar con él. Y solo podía pensar en lo que los médicos le habían dicho esa mañana: que no podría volver a jugar al fútbol.

No se lo había contado a nadie y en esos momentos estaba a un lado de la pista de baile, aceptando las felicitaciones de propios y extraños mientras veía a Jenny en brazos de Jeffrey.

Estaba perfecta con el vestido de seda, y estaba con otro.

Mitch le dio un sorbo a su copa de whisky solo.

Jenny desapareció de su vista y él empezó a andar entre la gente.

Tenía que ir acostumbrándose a la idea de no volver a jugar. Ya solo era un hombre con algunos ahorros y sin carrera.

En poco tiempo tampoco lo necesitarían en el Club de Ganaderos de Texas. Habría un presidente nuevo y él ya no tendría mucho que aportar.

Se acercó más al borde de la pista y se dijo que tenía que dejar de compadecerse de sí mismo, pero al ver a Jenny riendo entre los brazos de Jeffrey se sintió todavía peor.

La necesitaba.

Se terminó el whisky de un trago, estiró el cuello y volvió a buscar a Jenny con la mirada. ¿Adónde había ido?

–¿Lo estás pasando bien? –preguntó Jeffrey a su espalda.

–Genial –respondió él en tono seco, preparándose para girarse y ver a Jenny de cerca.

Pero cuando se giró, Jenny no estaba allí.

–Está bailando –le dijo Jeffrey.

–¿La has dejado sola?

–No, está bailando con otro –dijo Jeffrey riendo.

–No le has dicho que yo también iba a venir, ¿verdad?

–¿Querías que se lo dijese? –preguntó Jeffrey, tomando una copa de vino de una bandeja–. ¿Por qué no lo hiciste tú?

–Porque casi no la he visto esta semana.

Salvo en el trabajo, y en el trabajo solo hablaban de temas estrictamente profesionales.

–Me ha contado lo del vestido –le dijo Jeffrey.

–Fue Cole.

–Cole ha dicho que has sido tú.

Mitch suspiró.

–Cole es un bocazas –dijo Mitch, tomando también una copa de vino.

–¿Y por qué te estás retorciendo por dentro, viéndome bailar con ella? –le preguntó Jeffrey–. Se supone que no quieres salir con ella.

–Y no quiero, pero tampoco quiero que lo hagas tú.

–Un sentimiento muy noble por tu parte. Si fueses su padre, y si estuviésemos en el siglo XIX.

–Ja, ja.

–En serio, Mitch. O empiezas a salir con ella, o te quitas del medio.

–Ya me he quitado del medio.

–De eso nada. No has apartado la vista de ella en toda la noche.

–Pues ahora no la veo.

–Está a la izquierda de los músicos.

Mitch la vio y se sintió aliviado.

–Dime una cosa, Mitch –le pidió Jeffrey.

–¿Sí?

–¿Qué te gustaría hacerle al tipo que está bailando con ella?

–Arrancarle la cabeza.

–No vas a poder arrancarle la cabeza a todo el que quiera acostarse con ella.

–Espero que no seas tú.

–Nunca voy a ser yo –le aseguró Jeffrey.

–¿Por qué no? –pregunto Mitch con desconfianza.

–Porque soy tu amigo y sé lo que te pasa. Lo que te pasa es que todos los golpes que te han dado en la cabeza a lo largo de los años te han debido de causar algún daño cerebral. Si no, estarías ahí, bailando con Jenny. Es increíble, Mitch. Y me ha dicho que le gustaría salir contigo.

–No se trata de eso –protestó Mitch.

–Claro que sí.

–Dame un motivo por el que deba aceptar tus consejos.

–Que yo lo he estropeado todo. Tuve mi oportunidad con Celeste y no la aproveché. Y ahora tengo que empezar de cero –admitió Jeffrey–. No cometas el mismo error que cometí yo.

–No es tan sencillo –dijo Mitch.

–Va a empezar otra canción –le advirtió Jeffrey.

Mitch juró entre dientes y avanzó hacia la pista de baile.

Jenny lo vio avanzar por la pista, con la mirada clavada en la suya, la mandíbula apretada, los hombros rectos. Una de dos, o le pedía que bailase con él, o la detenía.

La canción terminó y ella soltó la mano de su pareja.

–Gracias –le dijo sonriendo, apartándose de él y centrándose en Mitch.

Respiró y se humedeció los labios. Esa noche se sentía más guapa que nunca. Era gracias al vestido, al peinado, al maquillaje y, por qué negarlo, a la manera en que los hombres la miraban.

Se sonrió a sí misma y pensó que podría acostumbrarse a aquello.

Mitch estaba cada vez más cerca.

¿Le pediría bailar? ¿Le diría ella que sí? ¿Qué ocurriría cuando volviese a estar entre sus brazos?

Lo vio detenerse justo delante de ella.

Ninguno de los dos habló, pero la expresión de su rostro se suavizó.

–Me gusta tu vestido –le dijo Mitch por fin.

–Gracias.

La música empezó a sonar de nuevo.

–¿Quieres bailar? –le preguntó ella.

–No –respondió él–. Quiero que nos vayamos de aquí.

Jenny no supo cómo tomarse aquello.

–Ven conmigo –le pidió él.

Ella dudó.

–He venido con Jeffrey –contestó a regañadientes–. No puedo dejarlo solo.

Pero Mitch la agarró de la mano.

–Vamos solo al jardín, necesito salir de aquí unos minutos.

–¿Te pasa algo? –le preguntó Jenny preocupada.

–Sí, me pasa algo.

La guió entre la multitud hacia las puertas de cristal que daban a una enorme terraza.

Hacía una noche cálida y húmeda y fuera había varias parejas charlando y riendo.

Mitch miró a su alrededor y se dirigió hacia unas escaleras que llevaban a los jardines del River Bend Club.

Las nubes ocultaban la luna y la única iluminación procedía de las ventanas del edificio que tenían detrás.

Al llegar al final de las escaleras, a Jenny se le clavaron los tacones en el césped.

–Espera –le dijo.

Él se detuvo.

Jenny apartó la mano de la de él y se quitó las sandalias.

–¿Vamos a ir muy lejos? –le preguntó.

–No lo sé –respondió él muy serio.

–Mitch, ¿qué te pasa?

Estaba empezando a estar preocupada.

–¿Te importa si paseamos?

–Por supuesto que no.

Jenny siguió su paso y fue mirándolo de reojo de vez en cuando mientras se preguntaba si iba a contarle qué era lo que tanto lo disgustaba.

Hasta que no pudo soportarlo más.

–¿Le ha pasado algo a alguien, Mitch?

–Sí.

–¿A quién?

–A mí.

–¿El qué?

Él se detuvo y se giró a mirarla.

–Hoy he hablado con el médico del equipo. Es oficial. No voy a volver a jugar al fútbol.

A Jenny se le encogió el estómago.

–No es posible. ¿Estás seguro?

–Sí. Se ha terminado, Jenny. Tengo treinta años y mi carrera se ha terminado.

–Oh, Mitch.

Jenny contuvo las lágrimas y tragó saliva.

Él levantó la vista y vio el club iluminado detrás de ella.

–Lo siento, me he comportado como un egoísta. Tenía que haberte dejado divirtiéndote dentro.

–Pero...

–Jeffrey te está esperando.

–Lo comprenderá.

–Yo no lo haría.

–No voy a dejarte solo.

–No me lo merezco.

Eso daba igual. No iba a dejarlo solo.

–¿Necesitas gritar, desahogarte?

–No voy a gritarte a ti.

–Si te hace falta.

–No es culpa tuya.

–Da igual. Si necesitas...

Él la agarró del brazo.

–Para. No voy a desahogarme contigo.

–Lo siento mucho, Mitch –le dijo ella, apoyando una mano en su pecho, sintiendo su calor, los latidos de su corazón, y deseando poder hacer algo para ayudarlo.

–Jenny, no.

Pero ella se acercó más.

–No te lo mereces, Mitch.

Él murmuró débilmente.

–Y tú no te mereces a nadie como yo.

–No lo tengo.

–¿No? –le preguntó él, mirándola a los ojos, tomándola de la mano y apretándosela–. Por mucho que intento apartarme de ti, no lo consigo.

A Jenny se le cayeron las sandalias de la mano.

–Pues deja de intentarlo –le sugirió con voz profunda.

Se acercó todavía más.

A Mitch le costó respirar.

Ella le pasó la mano por la parte delantera de la camisa, la subió hasta la pajarita.

–No podemos –le recordó él.

–Sí que podemos –replicó Jenny–. De hecho, ya lo hemos hecho.

Mitch le agarró la mano.

–Solo empeoraremos las cosas.

–O las mejoraremos.

–¿Y cuándo se termine? –le preguntó él.

–Cuando se termine, sobreviviré. Tú mismo lo dijiste, Mitch. No todo en la vida tiene que ser planificado, controlado y lógico. En el fondo, soy impulsiva y salvaje.

–Jenny...

–Deja que sea impulsiva y salvaje.

–Ojalá pudiese darte alguna garantía.

–No la quiero –le respondió ella, sonriendo con serenidad, segura de su decisión.

***

De camino a su habitación de hotel, Mitch esperó a que Jenny cambiase de opinión, o desapareciese de su sueño, dejándolo despierto y solo, sudoroso y frustrado entre una maraña de sábanas.

Pero no lo hizo.

Al cerrar la puerta tras de ellos, la vio andar por la gruesa moqueta y le dijo:

–Se te han olvidado las sandalias.

–¿Quieres que volvamos a buscarlas?

Él negó con la cabeza y se acercó a ella mientras se desataba la pajarita y la dejaba en una silla. Luego se quitó la chaqueta del esmoquin.

Estaba a punto de cometer el mayor error de su vida, pero no le importaba.

Estaba demasiado cansado emocionalmente, demasiado cansado de luchar contra lo que sentía por Jenny.

No le quedaban fuerzas.

La realidad tendría que esperar al día siguiente.

Alargó la mano para tocarle la suave mejilla con la punta de los dedos.

–¿Cómo puedes ser tan preciosa?

Ella sonrió todavía más, le brillaron los ojos.

La agarró por la nuca para acercarla a él y le dio un suave beso en los labios. Al que ella respondió.

Luego la abrazó por la cintura y sintió sus curvas pegadas a él. Encajaban a la perfección.

Quiso controlarse, ir despacio, aunque estaba loco de deseo.

Los besos se fueron profundizando. La piel le empezó a arder y sus músculos se volvieron de acero templado.

La agarró del trasero y la apretó contra sus muslos y gimió al notar la suave curva de su vientre contra él.

Jenny se aferró a sus hombros mientras él la besaba en la frente, en la oreja, en el cuello y bajaba por el hombro.

Ella apoyó los labios en su pecho, besándolo a través de la camisa. A Mitch el gesto le resultó extremadamente erótico y echó la cabeza hacia atrás para saborear la sensación. Fue entonces cuando ella empezó a desabrochársela.

Cuando terminó de desabotonar la camisa, le besó el pecho desnudo y un escalofrío de placer lo recorrió.

Mitch la abrazó y la besó apasionadamente en la boca mientras la llevaba hacia el dormitorio a oscuras, iluminado solo por las luces de la ciudad, que se filtraban a través de las cortinas. Había una inmensa calma. Solo se respiraba tranquilidad y sosiego.

Se tumbó en la cama de espaldas sin soltarla, acariciándole los muslos y descubriendo unas minúsculas braguitas de encaje.

Se quitó la camisa entre beso y beso y le bajó a

ella la cremallera del vestido, pero Jenny se apartó y le dijo que no con la cabeza.

Se le había soltado el pelo y le brillaban los ojos de deseo.

Mitch se obligó a mantener las manos quietas. Tendría toda la paciencia que fuese necesaria, aunque fuese a morirse de deseo. Para su sorpresa, Jenny se quitó las braguitas y se puso a horcajadas sobre él.

–¿Es esto lo que habías imaginado? –le preguntó–. ¿Era así tu fantasía?

Uno de los tirantes se le había caído y el pelo le enmarcaba el rostro.

Mitch no daba crédito a lo que veían sus ojos, a lo que acaricaban sus dedos.

–Es mucho mejor que en mis fantasías. Tú eres mejor que la fantasía.

El tirante cayó todavía más, dejando un pecho desnudo.

–Así está todavía mejor –dijo Mitch, levantando la cabeza para tomar el pezón con la boca.

La recompensa fue un grito ahogado de Jenny, que se inclinó hacia delante y enterró las manos en su pelo.

Él se sintió orgulloso de provocarle esa reacción.

El vestido se le bajó hasta la cintura y sus movimientos estuvieron a punto de hacer que Mitch perdiese el control.

Se desabrochó los pantalones y sacó un preservativo de un bolsillo.

Intentó ponerse encima de ella, pero Jenny no se lo permitió.

–Recuerda –le susurró al oído, inclinándose a besarlo–. Que me describiste tu fantasía.

Se puso recta y lo miró a los ojos, y dejó que la penetrara muy despacio.

Mitch no pudo aguantar más. Era demasiado sexy, demasiado dulce, demasiado apasionada y perfecta.

La agarró por las caderas con firmeza y empezó a moverse al mismo ritmo que ella.

Cuando la oyó gritar y notó que lo apretaba con sus caderas, se dejó llevar también por el orgasmo.

Luego le apartó el pelo de la cara cuidadosamente, la besó en la frente, en la mejilla, en los labios húmedos.

Tenía los ojos cerrados, las mejillas enrojecidas.

Y él quiso decirle algo.

Tenía que encontrar las palabras adecuadas para aquel momento, que era perfecto, pero no se le ocurría nada que no sonase trillado.

De modo que dejó de pensar y dijo lo que simple y llanamente pensaba.

–Eres preciosa –le dijo, besándola otra vez.

Ella abrió los ojos.

Al momento sonrió y contestó:

–Tú tampoco estás mal.

–Gracias –le contestó Mitch sonriendo–. Era lo que esperaba.

Jenny inclinó la cabeza.

–¿Quieres que te diga que eres lo mejor que he probado?

–Solo si es cierto.

–Eres el mejor.

Mitch intentó descifrar su expresión, para ver si era una broma.

Le hubiese gustado ser el único, pero sabía que era ridículo.

–Perdí la virginidad en la universidad.

–Como todo el mundo.

–No fue nada excepcional.

–Nunca lo es.

Jenny hizo una mueca.

–Quiero decir que no tenías mucha competencia.

A Mitch aquellas palabras lo llenaron de emoción.

–¿Solo has estado con ese tipo de la universidad? ¿Y además no te gustó mucho? –preguntó sonriendo con orgullo.

–Fue horrible. Deja de reírte.

–No me estoy riendo.

–Eres insoportable.

Él la abrazó con fuerza.

–Y tú eres un tesoro.

–Pues espero que me subas el sueldo.

–¿Necesitas dinero?

Ella dijo en tono burlón:

–Ahora me gusta la ropa cara. Y tú acabas de estropear un vestido de tres mil dólares.

Él alargó la mano hasta donde estaba el vestido, todo arrugado por la cintura, y tocó la suave tela.

–Ha merecido mucho la pena.

Capítulo Once

Jenny despertó entre los brazos de Mitch. Los rayos del sol entraban por la ventana.

Cambió de postura y estiró los doloridos músculos.

Él le mordisqueó el cuello y le fue dando besos hasta llegar al hombro.

–¿Estás bien? –le preguntó con voz ronca.

–Estoy bien –respondió Jenny, tumbándose boca arriba y mirándolo–. ¿Y tú?

–Estoy bien –le aseguró él, dándole un beso en los labios.

–Ya sabes a lo que me refiero.

A la noticia que le habían dado el día anterior acerca de su hombro.

–Creo que no quiero aceptarlo. O tal vez esté demasiado distraído para pensar en ello –le dijo él, apretándose contra su cuerpo–. ¿Tienes hambre?

–Sí. Y mataría por un café.

–¿Solo? ¿Con leche?

–Como lo tengas.

Mitch tomó el teléfono que había en la mesita de noche, lo levantó y le pregunto a Jenny con voz seductora:

–Lo que tengo es servicio de habitaciones. Dime qué te apetece.

–Cruasanes, fresas y café.

–Antes nunca jugabas con fuego –murmuró Mitch.

–Ni tú estabas tan sexy.

–Dime en qué he cambiado, y lo haré siempre.

–¿Vas a ir a trabajar despeinado, sin afeitar y desnudo?

–Sí –luego dijo por teléfono–. Querríamos unos cruasanes, fresas y café.

Ella se acercó y le susurró al oído:

–Lo veo poco viable.

Mitch la abrazó por la cintura.

–Pues yo creía que era la época de las fresas. ¿O te referías a lo de ir a trabajar desnudo?

–A eso me refería.

–¿Te gusto desnudo?

Jenny levantó la sábana para mirar debajo. Sí, le encantaba desnudo.

–Ya está. Tengo que irme.

Ella se sintió incómoda.

–¿He hecho algo mal?

–No –respondió Mitch, poniéndose los pantalones–, pero si no me alejo ahora, volveré a saltarte encima otra vez.

Jenny sonrió satisfecha y se dejó caer sobre la almohada.

–Eres una mujer peligrosa, Jenny Watson.

–Es la primera vez que me dicen eso.

–Eso es porque no te habían visto con ese vestido.

–Ni me volverán a ver. Lo has estropeado.

–Te compraré otro. Me encantabas con ese vestido.

–Pero te gusto todavía más sin él.

Él señaló la puerta del salón.

–Voy a esperar a que suba el servicio de habitaciones, luego desayunaremos en la terraza.

Desayunar. Con Mitch. Después de toda una noche de...

De repente, se sintió incómoda.

–¿Crees que Jeffrey estará enfadado conmigo? –le preguntó.

Mitch se detuvo en la puerta.

–Creo que Jeffrey se estará riendo de mí.

–No te entiendo.

–Me retó... a que bailase contigo.

Jenny seguía sin entenderlo.

–No te preocupes. No está enfadado –le aseguró él.

Entonces llamaron a la puerta.

–¿Nos vemos en la terraza? –preguntó Mitch.

Jenny asintió.

Luego fue al baño a refrescarse y buscó en la habitación algo que ponerse.

La única opción era su vestido arrugado, pero entonces vio la chaqueta del esmoquin de Mitch.

Salió al salón mientras se la ponía. Olía a él. Luego, se puso también la pajarita.

Al salir a la terraza, Mitch la miró de arriba abajo y sonrió.

–Hay ropa en el armario.

–Me gusta esta –respondió ella, sentándose a la mesa y dejando que se le abriese la chaqueta.

–Bonita corbata –le dijo él.

Jenny le dio un sorbo a su café.

–Se la ha robado a un tipo con el que me he acostado.

–No sé si sabes que hoy no vas a volver a casa.

–¿No?

–Me temo que no vas a salir jamás de esta habitación.

–Entonces, llegaré tarde a trabajar el lunes.

–¿Sería la primera vez que llegases tarde?

–Sí.

–Tu jefe te perdonará.

–¿Estás seguro?

–Segurísimo.

Al final salieron del hotel sobre las tres de la tarde. Mitch le compró a Jenny algo de ropa en la tienda del hotel y fueron a dar un paseo por un maravilloso jardín botánico. Terminaron en un bar, escuchando a un grupo de country y riendo mientras se tomaban unas hamburguesas.

***

Pasaron otra noche más juntos antes de volver a Royal en avión privado.

Era casi el medio día cuando Jenny llegó a las oficinas del Club de Ganaderos de Texas. La puerta exterior estaba cerrada con llave, por lo que supo que había llegado antes que Mitch a trabajar. Recorrió a toda prisa el corto pasillo.

–Por fin –dijo una voz de hombre a sus espaldas.

Jenny miró hacia atrás y vio a Brad Price detrás de ella.

–¿Dónde estabas? –le preguntó, sorprendiéndola.

–Buenos días Brad –respondió ella, abriendo la puerta del despacho.

–Ya es por la tarde –replicó él.

Jenny empujó la pesada puerta y se miró el reloj. Era cierto.

Brad la siguió.

–Pensaba que abríais a las nueve.

–He estado en Austin –dijo Mitch a sus espaldas, entrando por la puerta–. Me han dado un premio en el Longhorn Banquet, no sé si lo sabías.

–¿Y Jenny? –preguntó Brad.

–Le he dado el día libre.

Brad se cruzó de brazos.

–Deberíamos aclarar cuál es el horario de oficina.

–Si ganas las elecciones en diciembre, podrás hacer lo que quieras.

Se hizo un tenso silencio.

–Tengo que hablar contigo –dijo Brad.

Mitch le hizo un gesto para que entrase en su despacho.

–Ven.

Cuando la puerta se cerró detrás de ambos, Jenny suspiró aliviada. Mientras se ponía a trabajar, se preguntó si Mitch terminaría la relación tan bruscamente como la vez anterior. Respiró profundamente y siguió con su rutina.

Un rato después, Brad salía del despacho de Mitch y se marchaba.

–¿Jenny? –la llamó este desde su despacho.

A ella se le encogió el estómago.

–Voy –dijo, tomando papel y lápiz sin pensarlo. Tal vez solo fuesen a hablar de trabajo.

Pero al llegar a la puerta se dio cuenta de que tenía el ceño fruncido.

–Siéntate.

Ella cerró la puerta y se sentó.

–Lo siento –murmuró él.

Jenny no supo qué decir.

–Brad está muy estresado. Y yo te he echado de menos –le dijo Mitch acercándose a abrazarla.

–Si solo hemos estado separados una hora –le recordó ella.

–Pues a mí me ha parecido más –comentó él, dándole un beso.

Ella se sintió aliviada. Respondió al beso, lo abrazó más.

Y entonces Mitch retrocedió y respiró hondo.

–No podemos hacerlo.

A ella se le detuvo el corazón.

–No podemos hacerlo aquí.

¿Le estaba diciendo que quería que su aventura continuase? ¿Pero que la mantuviesen en secreto?

¿Funcionaría?

Aunque Emily y Cole ya lo sabían, y Jeffrey debía de imaginarlo.

Jenny quiso preguntarle qué quería decir, pero todo era tan reciente que prefirió no entrar en detalles.

–Voy a intentar trabajar –dijo Mitch–. ¿Puedes hacerlo tú también? ¿Un par de horas? Luego me pasaré por casa de Cole.

Jenny asintió.

–Estoy en un momento difícil –dijo él de repente, como si estuviese cansado, preocupado–. Gracias por ayudarme durante los dos últimos días, pero estoy empezando a asumir la realidad.

–¿Puedo darte un abrazo luego?

–Contaba con ello.

A Jenny le sorprendió encontrarse a Emily en la cocina de Cole, comiéndose una de las famosas galletas de su cocinera.

–¿Llegas ahora a casa? –preguntó Emily.

–¿Me estabas esperando?

–La verdad es que había venido a ver a Cole.

Vaya, vaya, vaya. Qué interesante.

Jenny se sentó en un taburete y miró a su amiga.

–¿Has venido a ver a Cole?

Emily respondió con una sonrisa y le dio otro mordisco a la galleta.

–Te quedaste en Austin un día más.

–Sí –respondió Jenny, sonriendo también–. ¿Quedan galletas?

Tomó el bote de colores en el que estaban las galletas y metió la mano.

–Mitch tenía una habitación de hotel muy bonita.

–¿Y...? ¿Estáis juntos? ¿Ha cambiado de idea?

Jenny no había querido darle demasiadas vueltas al tema.

–¿Jenny? –insistió su amiga.

–No sé qué pensar –admitió ella–. Supongo que prefiero vivir el presente, ya sabes.

Emily asintió y le dio una palmadita en la mano.

–Sí, ya sé. Cole y yo también estamos viendo a ver qué pasa.

–¿A ver qué pasa?

–Sí, le conté que quería quedarme embarazada y se ha presentado voluntario.

–¿En serio?

–Sí. Mis hijos también podrían intentar jugar al fútbol aunque no fuesen tan altos.

–O al béisbol –dijo Cole desde la puerta.

Jenny los miró a los dos.

–¿De verdad estáis pensando en tener un hijo juntos?

–No te equivoques –le dijo Cole–. Tengo pensado pedirle a Emily que se case conmigo en cuanto lo hayamos conseguido, pero ahora estoy demasiado ocupado manteniéndola en mi cama.

Emily asintió.

–¿Qué lata, no? –intervino Mitch de repente.

–Hola, Mitch –lo saludó Cole en tono amistoso mientras este se acercaba también a comer galletas–. ¿Qué tal en Austin?

–Muy bien. ¿Y tú?

–Genial –respondió Cole.

Jenny se dio cuenta de que Emily y Cole estaban radiantes y eso la tranquilizó.

–¿Os vais a casar? –les preguntó.

Emily suspiró.

–Supongo que tendré que hacerlo.

Cole la abrazó.

–Por fin he conseguido que entre en razón.

–No es tan bajito –dijo Emily–. Y tiene una...

Cole la interrumpió con un beso y Jenny miró a Mitch, que le contestó con una cálida sonrisa.

Luego lo vio atravesar la cocina y sacar una caja plana y de color dorado de la mesita del teléfono.

–¿Qué es? –le preguntó automáticamente, sorprendida por el gesto.

–Ábrela y lo verás –respondió Mitch, dejándola en la encimera, delante de ella.

–¿Es una broma?

–En absoluto.

–¿Os dejamos solos? –preguntó Cole.

–No es radiactiva –bromeó Mitch–. Venga, Jenny, ábrela.

Ella respiró hondo y levantó la tapa.

Apartó el papel malva y encontró un vestido de seda. Tardó unos segundos en darse cuenta de lo que Mitch había hecho.

–¿Me has comprado uno nuevo?

–Era un vestido precioso –le dijo Mitch, acercándose a ella y acariciándole la nuca.

–¿Y qué pasó con el otro? –quiso saber Cole.

–No te lo vamos a contar –le respondió Mitch.

Emily se acercó y le dijo a su amiga:

–Estabas increíble con él.

Jenny no supo qué decir. Era un regalo muy caro. Le encantaba el vestido, pero si lo aceptaba, le resultaría muy difícil relativizar su relación con Mitch.

–¿Habrías preferido otra cosa? –le preguntó él.

Ella negó con la cabeza. Habría preferido no sentir aquella tensión en el pecho, ni aquella emoción, ni el deseo de abrazarlo y no soltarlo nunca. La anterior Jenny le habría preguntado qué significaba aquello y qué pretendía.

Pero la nueva Jenny no pudo hacerlo.

–¿Vamos a cenar? –preguntó Cole, rompiendo el silencio–. ¿Qué tal algo de marisco en Gillian's Landing?

–Genial –respondió Emily.

–¿Te apetece? –le dijo Mitch a Jenny–. También podemos ir a mi casa y tomar otra cosa.

–No –respondió ella–. Gillian's me parece bien.

Prefería no pasar demasiado tiempo a solas con Mitch, soñando con cosas imposibles.

Más tarde esa misma noche, Mitch pensó en lo mucho que le gustaba estar a solas con Jenny. Estaba tumbado en la cama, tapado con la sábana de cintura para abajo.

Jenny se había puesto uno de sus viejos polos, que le llegaba a la mitad de los muslos y estaba despeinada después de haber hecho el amor. No podía estar más guapa, de pie, examinando sus trofeos de fútbol.

–Vuelve a la cama –le pidió él.

–¿Cuántos has ganado? –preguntó ella.

Mitch salió de la cama y empezó a besarla en el cuello.

–No lo sé –respondió entre beso y beso.

–¿Y qué es esto? –quiso saber Jenny, levantando una caja que estaba llena de anillos–. Son preciosos. ¿Son de verdad?

–No lo sé, probablemente. Si quieres alguno, tómalo.

–No creo que me sirvan.

Jenny se probó un anillo en el dedo pulgar y luego volvió a dejarlo en la caja.

–Pruébate este –le dijo Mitch, sacando un anillo de oro con un rubí y las letras S y C grabadas en relieve.

–Es bonito.

–Es el primero que gané, en sexto. Tal vez te sirva.

Tomó su mano y le puso el anillo.

Ella intentó apartarse.

Pero Mitch la sujetó con fuerza.

–¿Ves?, te sirve.

–No voy a aceptar un anillo.

–¿Por qué no? –le preguntó él, sonriendo y dándole un beso en la palma de la mano–. Yo no voy a volver a utilizarlo. ¿Quieres una relación estable?

Las palabras salieron de su boca antes de que pudiese evitarlo.

Ella dejó de sonreír.

–No hagas eso.

–...

–Sé cómo te sientes, Mitch. Deja las cosas como están –le dijo, quitándose el anillo.

Él abrió la boca para explicarse, pero ¿qué podía decir?

–Lo siento.

Jenny devolvió el anillo a la caja.

–No tienes por qué disculparte –replicó, obligándose a sonreír y a cerrar la caja–. Tu carrera ha sido increíble.

–Tú sí que eres increíble –le dijo él con toda sinceridad, pero Jenny se alejó.

Mitch se maldijo. Había vuelto a hacerle

daño, la había asustado y había hecho que volviese a distanciarse de él cuando lo único que quería era volver a llevársela a la cama y hacerle el amor, o tal vez pasarse las próximas horas, días o semanas abrazado a ella.

Capítulo Doce

Después de la metedura de pata de la noche anterior, Jenny se había marchado y él no sabía cómo arreglarlo.

A la mañana siguiente, no estaba de humor para las tonterías de Cole.

–¿Me estás diciendo que la Casa Blanca se ha interesado por mí? ¿Un *quarterback* acabado de Texas que hace casi una década que no gana ni un premio?

–No. Alguien en la Casa Blanca ha debido de seguir tu carrera, ha visto tu trabajo en organizaciones benéficas, ha leído que entrenas a adolescentes con problemas, se ha dado cuenta de los cientos de miles de fans que tiene tu sitio web y se ha enterado de que el gobernador te dio un premio la semana pasada.

–Baja la voz –le pidió Mitch. La puerta de su despacho estaba cerrada, pero Jenny podía llegar en cualquier momento.

–Entonces, escúchame. No te han creado un puesto porque les des pena. Vas a tener una plantilla, un presupuesto, tres oficinas regionales y una misión nacional.

–¿En el consejo presidencial?

–En el Consejo Presidencial de Aptitud Física y Deportes –le dijo Cole en tono frustrado–. Dirigirías la parte infantil y juvenil.

Mitch intentó imaginárselo, pero no podía.

–Escúchame –le dijo Cole–. Sé que es un asco que estés lesionado, pero es algo que no puedes cambiar. Así que tienes dos opciones, o te quedas llorando y compadeciéndote de ti mismo, o te pones en pie y sigues viviendo.

–¿Tendría que ir a vivir a Washington? –preguntó Mitch.

–Tendrás que estar donde haga falta. Parte del trabajo consistirá en convencer a los senadores y congresistas de que el programa necesita financiación. Y eso es algo que se te da muy bien. Eres perfecto para el trabajo.

–¿Y tú? ¿Vas a casarte con Emily?

Cole asintió.

–Mira –le dijo, sacándose una caja de terciopelo negro del bolsillo.

Mitch abrió la caja y vio un anillo con un diamante rodeado de pequeños zafiros. Pensó en lo ocurrido con Jenny la noche anterior y se le encogió el estómago.

No hacía más que tonterías y estropearlo todo mientras que Cole estaba preparado para apostar en serio.

–¿Estás preocupado? –le preguntó.

–No. Estoy más que seguro de que me va a decir que sí.

Mitch no se había querido referir a eso, pero

le alegró mucho ver a su amigo tan seguro de sí mismo.

–Si estás seguro. Es para el resto de tu vida.

–Cuando uno está seguro, está seguro.

Mitch cerró la caja y se la devolvió a su amigo. Se preguntó si él lo tendría tan claro alguna vez.

–¿Te ha gustado el anillo? –quiso saber Cole.

–Está bien.

–Te da igual, ¿verdad?

–No es un tema que me interese –mintió–. ¿Has dicho Washington?

–Sí. ¿Por qué me lo vuelves a preguntar?

Al pensar en marcharse de allí, Mitch no pudo evitar pensar en Jenny.

–Vete a Washington –insistió Cole–. Estarás haciendo una buena labor para tu país.

–¿No se lo dirás a nadie? –preguntó él.

–A nadie. Ni siquiera a Emily.

En especial, a Emily, porque Mitch quería ser él quien decidiese cómo y cuándo se lo contaría a Jenny para evitar hacerle daño.

Jenny miró los tres planos que había puesto en la pared del dormitorio que ocupaba en casa de Cole e intentó olvidarse de lo ocurrido dos días antes, cuando Mitch había querido darle el anillo.

La broma de este acerca de formalizar su relación le había hecho darse cuenta de que estaba enamorada y de lo mucho que deseaba tener algo serio con él.

–Tienes que decidirte –le dijo Emily–. Mañana empiezan con los cimientos. ¿Vas a escuchar a tu corazón o a tu cabeza?

–A mi cabeza –respondió ella, poniéndose delante de la casa de dos pisos y tres dormitorios.

–Es curioso, yo últimamente me dejo llevar más por mi corazón.

Jenny se obligó a sonreír, no quería estropear la felicidad de su amiga.

–¿Te lo ha pedido ya?

–Esta noche. Vamos a cenar en la terraza de Chez Jacques.

–¿Vais a ir a cenar a Houston?

–Iremos en helicóptero –le contó Emily–. Estos millonarios están locos.

–Cómo me alegro. Es estupendo.

–Sí –admitió Emily suspirando–. No sabes lo inteligente que es. Y divertido. Y no es tan bajito.

Jenny no pudo evitar volver a sonreír al oír aquello.

–¿De repente ha dejado de ser bajito? ¿Por arte de magia?

–En realidad siempre ha sido un poco más alto que yo. Y además es muy sensato.

Luego puso los ojos en blanco.

–Parezco idiota hablando de él así. Vamos a centrarnos en tu casa.

–No eres idiota.

–Entonces, esta –dijo, señalando uno de los planos.

–Esta –afirmó Jenny–. Definitivamente.

–Yo pensaba que te decidirías por la de estilo francés –admitió Emily–. Había empezado a pensar...

–Mitch se ha marchado esta mañana –espetó ella.

–¿Qué? –preguntó su amiga, sorprendida.

–Me lo esperaba. Tenía que ocurrir antes o después.

–¿Adónde ha ido?

–A Washington.

–¿Por trabajo?

–Eso ha dicho.

–¿Y?

–Que yo creo que es mentira –le dijo Jenny, sintiéndose de repente aturdida.

Emily la sujetó.

–¿Jenny?

–Estoy bien.

Emily la agarró del brazo y la llevó hasta uno de los dos sillones que había en un rincón.

–¿Qué te pasa?

–Lo de siempre. Que estoy loca por él, y él solo ha estado divirtiéndose.

–¿Te ha dicho eso?

–Hace dos noches... Bueno, él me gastó una broma y yo me molesté. Y esta mañana se ha marchado. Estoy intentando que me dé igual, pero me importa.

Jenny tuvo que hacer una pausa y continuó:

–No sé por qué estoy tan sensible.

–¿Vas a tener el periodo?

Jenny se echó a reír. Ojalá fuese tan sencillo. De hecho, pensándolo bien, tal vez fuese esa la explicación. Calculó mentalmente…

Y se le encogió el estómago.

No podía ser…

–¿Jenny? Te has puesto blanca –le dijo Emily asustada.

Ella intentó no dejarse llevar por el pánico.

–¿Tienes un calendario?

–Claro. El del teléfono –dijo Emily, sacando su teléfono y buscando el calendario.

Jenny lo estudió.

–Oh, no. No puede ser.

–No, ¿qué?

–No es posible. No.

¿Sería posible?

–¿Habéis utilizado preservativo?

–Sí.

–Entonces, seguro que no pasa nada.

–Eso espero.

Emily tenía razón.

Jenny se obligó a tranquilizarse. Tomó aire y lo mantuvo largo tiempo en los pulmones.

Lo que necesitaba en esos momentos era información.

***

En la entrevista en Washington, a Mitch le habían ofrecido todo lo que Cole había predicho y más.

Entonces, ¿por qué dudaba? ¿Por qué había pedido un par de días para tomar la decisión?

Le daba igual vivir en Washington. El sueldo era estupendo. Era por Jenny. No quería dejarla.

Sin saber por qué, se había detenido delante de la joyería del hotel y tenía la vista clavada en un anillo de oro con un único diamante.

–Nadie compra un anillo de compromiso en un hotel –le dijo una voz que le era muy familiar.

Mitch se giró y vio a Jeffrey.

–¿Qué estás haciendo aquí?

–Mañana jugamos en Baltimore –le respondió su amigo.

–¿Y qué has venido a hacer a este hotel? –preguntó él molesto.

–Cole me dijo que te encontraría aquí.

–Le dije que no le contara nada a nadie del trabajo.

–¿Qué trabajo?

–Ninguno.

–¿Estás buscando trabajo en Washington?

–No es asunto tuyo.

–¿Y Jenny?

–Tampoco es asunto tuyo.

–Mitch, estás mirando anillos de compromiso.

–No estoy mirando nada, solo estaba pensando. Pensando en el trabajo.

–Entonces, la has dejado.

–¿Qué estás haciendo aquí? –le preguntó Mitch, cada vez más irritado.

–Me he enterado de lo de tu hombro y quería decirte que lo siento mucho.

–No te preocupes, sobreviviré.

–Mitch, quiero que sepas que me tienes para lo que necesites, ¿de acuerdo?

–Gracias –le contestó él, sinceramente agradecido.

Jeffrey se aclaró la garganta.

–Entonces, ¿cuándo empiezas en el trabajo nuevo?

–Todavía no lo he aceptado.

–¿Lo vas a aceptar?

Buena pregunta. Mitch se encogió de hombros.

–Supongo que la oferta llega en buen momento.

–¿Y Jenny?

–Es complicado.

–Pues hazlo sencillo.

–No puedo.

–Pues si tú no la quieres, tío...

Mitch cerró los puños e intentó controlarse.

–No se te ocurra acercarte a ella.

–¿Has visto cómo reaccionas? Ni siquiera soportas pensar que otro tío se acerque a ella.

Mitch se dio cuenta de que Jeffrey tenía razón. Por un momento, se imaginó cuál sería su expresión si le regalaba el anillo de aquel escaparate. Y luego, ¿qué? ¿Se casaría con ella?

Una parte de él quería hacerlo, pero otra le decía que estaba yendo demasiado deprisa. Que aquello no podía ser real.

–Vamos a tomarnos una cerveza –le sugirió Jeffrey.

–Solo si hablamos de otro tema.

–De acuerdo.

Salieron del hotel. Eran las cuatro de la tarde y había mucha gente por la calle.

–Si yo fuese tú –le dijo Jeffrey unos minutos después, empujando una puerta de cristal–. Le regalaría uno de estos.

Confundido, Mitch se dio cuenta de que estaban en Tiffany's.

–Muy gracioso –dijo riendo.

–Buenas tardes, señores –los saludó el vendedor.

–Solo queremos mirar –le dijo Mitch.

–Un solitario –intervino Jeffrey–. El último que le ha gustado tenía también unas esmeraldas.

El vendedor fue a sacar tres anillos de una vitrina.

–Estos tres son perfectos –comentó–. ¿Le importa si le preguntó cuál es su presupuesto?

–Claro que no –respondió Jeffrey.

Mitch se rindió y decidió tomar asiento.

–Espero que seas tú el que va a casarse, porque yo soy un mero espectador –le dijo a su amigo.

Jeffrey y el vendedor se miraron, pero Mitch se limitó a reírse en silencio. Jeffrey no iba a hacer que se precipitase a la hora de elegir un anillo.

Capítulo Trece

Jenny iba a ser madre soltera.

No podía creerlo.

Estaba embarazada, pero no iba a cometer los mismos errores que su madre.

Se alegró de que Mitch no estuviera en la ciudad porque no permitiría que se casase con ella solo porque estaba embarazada para después empezar a odiarla. Aunque, en los momentos de mayor debilidad, se imaginaba diciéndoselo y viéndolo sonreír de oreja a oreja.

La realidad era otra.

Nada más llegar al trabajo había tenido que ir dos veces al cuarto de baño a vomitar. Y ya estaba empezando a hacerse a la idea de tener que criar al niño sola.

Como su madre, tendría que trabajar, hacer cuentas para llegar a fin de mes y consolar a su hijo cuando este llorase porque quería tener hermanos.

Sonó el teléfono, pero no respondió.

Las tres últimas llamadas habían sido de Emily. Sabía que si no respondía, se pasaría por allí a la hora de la comida, pero ya se enfrentaría a ella entonces.

Miró el reloj de la pared, eran las once. Fue a sentarse a su sillón y se preguntó qué hacer.

Vio que en el teléfono parpadeaba una luz, lo que significaba que había mensajes pendientes.

Podía ser un miembro del club que necesitaba algo. Y podía ser algo importante. Ese mes iban a celebrarse tres bodas.

Se le hizo un nudo en la garganta de pensar en las tres felices y radiantes novias. Era evidente que ella no estaba hecha para encontrar el amor verdadero. Su destino era ser madre soltera.

Se secó los ojos humedecidos y levantó el auricular del teléfono para escuchar los mensajes.

El primero era de Emily, que estaba preocupada por ella. El segundo, de un miembro del club que solicitaba información general. El tercero era para Mitch y lo felicitaba por su nuevo puesto de trabajo en Washington.

Cuando el mensaje terminó se quedó inmóvil, con el teléfono pegado a la oreja.

No podía creerlo. Mitch había ido a una entrevista de trabajo y lo había conseguido. Se marchaba de Royal. Y la dejaba para siempre.

Se le revolvió el estómago. Volvió a mirar el reloj. Mitch debía de estar de camino a casa. Si no se pasaba por el despacho esa tarde, lo haría al día siguiente sin falta.

¿Qué iba a hacer ella? ¿Cómo iba a recibirlo? ¿Sería capaz de fingir que todo seguía igual?

Se estaba poniendo en pie cuando Emily entró por la puerta.

–¿Por qué no respondes a mis llamadas? –espetó.

–Oh, no –exclamó, acercándose a darle un abrazo–. ¿Estás embarazada, verdad?

Jenny asintió con los ojos llenos de lágrimas.

–Me he hecho la prueba esta mañana y ha dado positivo.

–Oh, cielo. No te preocupes. Todo va a salir bien, te lo prometo.

Pero Jenny sabía que no era verdad.

–Tengo que salir de aquí –le dijo a su amiga.

–Por supuesto. Vamos a casa de Cole. ¿O prefieres que cenemos fuera?

A Jenny se le revolvió el estómago solo de pensar en la cena. Cerró los ojos y esperó a que se le pasasen las náuseas.

–Tengo que salir de aquí. De Royal. Tengo que marcharme antes de que Mitch vuelva.

–Te preocupa contárselo. Lo entiendo –le dijo Emily.

–No se lo voy a contar.

–Bueno, no. No hace falta que lo hagas hoy.

Jenny agarró a su amiga de los brazos.

–Emily. Escúchame. Mitch me dejó claro que nuestra relación no era seria. No quiere comprometerse. Ha ido a Washington a hacer una entrevista de trabajo y se va a marchar de Royal. Me va a dejar.

–Pero...

–Pero nada. No me quiere. Y seguro que no quiere un hijo. Y no voy... no voy a criar a mi hijo junto a un padre que no lo quiere.

Emily frunció el ceño, confundida.

–No puedes mantenerlo en secreto. Tiene amigos en Royal. Cole...

–Quiero mantenerlo en secreto, al menos por el momento. Necesito un plan. Una buena excusa para marcharme hasta que Mitch haya dimitido y se haya ido a Washington, después decidiré qué hacer.

Emily se mordió el labio inferior.

–No sé, Jenny.

–Es lo único que puedo hacer –dijo ella con la voz quebrada–. No quiero atraparlo.

–En ese caso, te ayudaré, por supuesto. Puedes marcharte una semana, o dos, o tres, a la cabaña del lago Angel. Déjale un mensaje a Mitch, dile que tenías algo urgente que hacer.

Jenny asintió.

–Sí. Puedo decirle que alguien se ha puesto enfermo. Yo lo estoy. Y puedo decir que estoy en casa de una amiga. Estaré en la tuya. Ni siquiera le estaré mintiendo.

Emily sonrió con tristeza.

–Es verdad.

Jenny se volvió a sentar.

–¿Estás segura de que a tus padres no les importará?

–No. Es el lugar perfecto para que tomes fuerzas.

Jenny giró el sillón y se puso a escribir en el ordenador las palabras que la apartarían de Mitch para siempre. De repente, estaba agotada. Quería meterse en la cama y no salir en un mes. No quería ver a Mitch ni a nadie.

Mitch pisó el acelerador del Corvette nada más salir del aeropuerto que había a las afueras de Royal. Solo podía pensar en Jenny. Si alguien le hubiese dicho dos días antes que iba a comprarle un anillo de compromiso, habría contestado que estaba loco.

Pero las cosas cambiaban, y las personas, también. Aprendían cosas de sí mismos y de los demás. Y él había aprendido que quería a Jenny, para siempre. La amaba. Y no iba a dejar que pasase ni un día más sin decírselo.

Llegó al club, dejó el coche en el aparcamiento y subió las escaleras que llevaban a las oficinas de dos en dos, pensando en que tenía que llevarla a cenar a algún lugar romántico.

–¿Jenny? –la llamó, pero enseguida se dio cuenta de que no estaba allí.

La buscó por todas partes y lo único que encontró fue un sobre blanco encima de su escritorio, con su nombre escrito en él. Era la letra de Jenny.

Abrió el sobre y leyó la breve nota. ¿Se había marchado?

No supo si enfadarse o preocuparse.

Sacó el teléfono móvil y la llamó, pero saltó el contestador.

–Jenny. Soy yo. No lo entiendo. Llámame lo antes posible, ¿de acuerdo?

Colgó, respiró hondo y luego llamó a Cole.

–Estoy buscando a Jenny –le dijo a su amigo en cuanto respondió.

–¿Y no está en el trabajo?

Mitch se dio cuenta de que sabía algo que no le quería contar.

–¿Se puede saber qué está pasando? –rugió–. ¿Dónde está Jenny?

–No lo sé.

–Tonterías. Emily tiene que saberlo.

–Tal vez –admitió Cole–, pero no me lo ha dicho.

La cosa se estaba poniendo cada vez peor.

–¿Dónde está Emily?

–Trabajando. Mira, no me lo ha contado para que yo no te lo cuente a ti. Es evidente que pasa algo, pero yo no tengo ni la menor idea del qué. ¿Has discutido con Jenny? ¿Le has hecho algo?

–¿Como qué?

–No lo sé, ¿te has visto con otra en Washington? Tal vez te haya visto alguien y...

–No, no he quedado con otra. Habla con Emily y averigua qué ocurre.

–¿Quieres que arriesgue mi relación con ella por ayudarte?

–Por supuesto.

–No tienes ni idea de cómo funcionan estas cosas, ¿no?

–Estoy aprendiendo –admitió Mitch.

–¿Qué quieres decir?

–Que le he comprado un anillo de compromiso y estoy dispuesto a remover cielo y tierra para encontrarla.

–¿Le has comprado un anillo? ¿Te quieres casar con Jenny?

–¿Con quién si no?

–Bueno, no sé qué has ido a hacer a Washington.

–He ido a aceptar el trabajo y a comprar el anillo.

–¿Has aceptado el trabajo? –preguntó Cole sorprendido.

–¿Dónde está, Cole? Ayúdame a encontrarla.

–Está bien, hablaré con Emily esta noche.

–Hazlo ahora.

–Esta noche. Ten paciencia. Al fin y al cabo, no es culpa mía que hayas tardado tanto tiempo en decidirte.

Eso era cierto. Tenía que haberse dado cuenta de que estaba enamorado hacía días. Si lo hubiese hecho, si no hubiese sido tan idiota, ya podrían estar comprometidos.

Si ella le hubiese dicho que sí. Que por supuesto que lo habría hecho. Mitch estaba seguro.

***

En el fondo, Jenny sabía que ir al lago Angel era la decisión correcta. Todavía tenía náuseas por las mañanas y Mitch enseguida se habría dado cuenta de lo que le ocurría.

Este debía de haber vuelto de Washington la tarde anterior. Ella había apagado el móvil por miedo a que la llamase, o a que no la llamase.

Eran casi las diez de la mañana, había desayunado, había abierto las ventanas de la cabaña para que se ventilase y se había sentado en un cómodo sillón en el salón. Quería terminar de leer una novela de misterio. Podía hacerlo.

Capítulo Catorce

La súper detective Norma Wessil acaba de entrar en una lujosa habitación de hotel y había descubierto el cuerpo de Terrance Milhouse, principal sospechoso del asesinato de la famosa Bitsy Green. La policía estaba subiendo en el ascensor. Y Norma había tocado el arma del delito, dejando sus huellas en ella.

Mientras Jenny leía el final de la novela, la puerta de la cabaña se abrió de golpe, dándole un susto de muerte.

Levantó la cabeza y vio a Mitch. ¿Mitch? El libro se le cayó de las manos.

–Ha sido culpa mía –confesó Cole, entrando detrás de su amigo.

Jenny se puso en pie de un salto y se apoyó en la pared.

–¿Qué estás haciendo aquí? –inquirió Mitch–. ¿Por qué te has marchado de Royal?

–¿Qué? –preguntó ella, mirando a Cole.

–La culpa no es de Emily, he sido yo quien la ha engañado para que me lo contase –le dijo este.

–¿Qué?

Mitch se acercó a ella, su mirada era de cariño y compasión. Y Jenny se dio cuenta de que no estaba enfadado. Lo que le ocurría era otra cosa muy distinta. Tenía que saber que estaba embarazada.

–Por favor, no le eches la culpa a Emily –repitió Cole.

En ese momento entró Emily también.

–Jenny, por favor, no quería...

Pero ella estaba asustada, sorprendida.

–¿Le has dicho que estoy embarazada? –exclamó.

La habitación se quedó en silencio.

–¿Estás embarazada? –repitió Mitch.

Jenny abrió la boca, pero no fue capaz de articular palabra.

–Solo le he dicho dónde estabas. No... –balbució Emily.

Mitch avanzó hacia Jenny.

–¿Estás embarazada? ¿Y te estás escondiendo de mí?

–No quería...

–¿El qué? ¿Contármelo? ¿No crees que merecía saberlo? ¿Se puede saber qué te pasa?

Jenny intentó tragar saliva, tenía la garganta muy seca.

–Me dejaste claro que no querías una relación seria y...

–Tú decidiste que era un irresponsable incapaz de hacerse cargo de una mujer embarazada, ¿no? –dijo él–. ¿Qué he hecho, Jenny? ¿Qué he hecho para que pienses así de mí?

Mitch no la entendía y ella no se estaba explicando bien.

–¿No te das cuenta? –le dijo, a punto de echarse a llorar–. Sabía que serías noble y querrías quedarte a mi lado, pero no podía revivir la pesadilla que vivieron mis padres. Y tú no vas a cambiar tus sentimientos de repente porque me haya quedado embarazada.

Él la tomó de las manos.

–No hace falta que los cambie...

–Te sentirás frustrado, atrapado, cada vez más enfadado. Hasta que, como mi padre, explotes y empieces a tirar la vajilla por los aires.

–Yo no soy tu padre, Jenny. Él no quería a tu madre, pero yo sí que te quiero a ti.

Ella lo miró a los ojos, sabiendo que tenía que ser fuerte.

–Si tú ni siquiera sabes lo que es amar –le dijo.

–Amar es cuando sabes que nunca vas a mirar a otra mujer. Da igual adónde vayas o lo que hagas. Solo puedes pensar en una mujer preciosa, divertida y luchadora que está en Royal, Texas. Busca en mi bolsillo.

–¿Qué? –preguntó Jenny confundida.

Él tomó su mano y la llevó al bolsillo de la chaqueta.

–Toca.

Ella tocó, pero se encogió de hombros.

No lo entendía.

A decir verdad, no entendía nada.

***

Mitch sonrió y se sacó la caja de piel verde clara, en la que había escritas las palabras: «Cásate conmigo».

Jenny no podía creerlo.

Era imposible.

Mitch abrió la caja y le enseñó un anillo con un enorme diamante.

–No lo entiendo –le dijo ella.

–¿Te quieres casar conmigo, Jenny? Por favor –le dijo él.

Jenny lo miró. ¿Cómo podía estar pasándole aquello? Mitch no había sabido que estaba embarazada.

–No lo entiendo –repitió.

Él sonrió con ternura y sus ojos azules brillaron.

–Te quiero y quiero que te cases conmigo. Y no tiene nada que ver con tu embarazo, aunque la noticia me encante. Voy a ser un padre fantástico. Y no te voy a dejar jamás, Jenny.

A ella se le llenaron los ojos de lágrimas, miró a Emily.

Su amiga sonreía de oreja a oreja.

–La palabra que estás buscando es sí –le dijo esta.

Jenny miró a Mitch con incredulidad, respiró hondo.

–Sí –le dijo.

Él la besó apasionadamente y la tomó en brazos.

–¿Cuál es tu habitación?

Jenny se echó a reír y señaló una puerta que había al lado de la cocina.

–Perdonadnos –añadió él, mirando a Cole y a Emily.

–Deberías ponerle el anillo –comentó Cole riendo.

–Luego –respondió él–. Con flores y champán, y una rodilla apoyada en el suelo.

Tumbada en la cama de la cabaña, Jenny miró el diamante que brillaba en su dedo.

Al final no habían esperado a las flores y el champán. De hecho, no habían salido de la cama en toda la tarde. Y Emily y Cole se habían vuelto a Royal.

Mitch estaba tumbado a su lado, acariciándole el vientre.

–Así que voy a ser papá.

Ella puso su mano encima de la de él.

–Sí.

Mitch le dio un beso en la frente.

–¿Estás bien?

–Ahora, sí. ¿Y tú?

–No voy a ser como mi padre.

–Ni yo como mi madre.

Mitch la abrazó con fuerza.

–Vamos a hacerlo bien.

–Y, al parecer, lo vamos a hacer en Washington, ¿no?

–Eso tenía pensado, pero solo si tú estás de acuerdo.

–¿El trabajo merece la pena? –le preguntó Jenny.

–Sí, pero mi prioridad sois el niño y tú. Podemos quedarnos en Royal si quieres.

–¿Podremos volver de visita?

–Cuando quieras. Quédate con tu casa. Tendremos una bonita casa de estilo francés.

–Me temo que no. He elegido otra.

–Pues ya no.

Jenny sonrió al verlo tan convencido.

–Tengo hambre –comentó–. Ahora tengo que comer por dos.

–Fue la primera noche, ¿verdad? –comentó Mitch.

–Eso es, la primera noche.

–Tuvo que ser el destino.

–Yo creo que fue el vestido color burdeos de Emily.

–¿Era de Emily?

–Sí.

–Pues deberías comprárselo.

Jenny se echó a reír.

–Es posible que no quiera volver a ponérselo. Ahora, ve a prepararme algo de comer. Me tienes que cuidar.

–¿Qué te apetece?

–Una hamburguesa con queso, por favor –respondió ella, que, de repente, tenía el estómago mejor.

–Te voy a traer una ensalada y un vaso de leche también.

En ese momento sonó el teléfono móvil de Mitch, era Cole.

–Pregunta si puede correr la voz de lo ocurrido. Al parecer, te han echado de menos en el club –le dijo a Jenny.

Esta se encogió de hombros.

Estaba tan feliz que todo le daba igual.

–Dice que sí –le dijo Mitch a su amigo–. ¿Qué? ¿En serio? Bueno, ya me lo contarás cuando volvamos.

–¿Qué pasa? –le preguntó Jenny cuando hubo colgado.

–Al parecer, Brad quiere que los Tigres tengan su base en Royal, y había pensado en darme un trabajo en la junta directiva.

–¿Y a ti qué te parece? –le preguntó Jenny, saliendo de la cama.

–Haremos lo que tú quieras.

–¿Hay que decidirlo ahora?

–No. En Washington he dicho que necesitaba un par de meses más en Royal –le contó–. Ahora, te voy a preparar la cena.

Jenny se sintió feliz.

–Te quiero, Mitch.

Él se puso serio y le acarició la mejilla. Él también se sentía muy feliz.

–Y yo a ti, Jenny –contestó suspirando–. Aunque haya tardado mucho tiempo en darme cuenta.

–No importa. Tenemos el resto de nuestras vidas para estar juntos.

En el Deseo titulado *La heredera y el millonario*,
de Robyn Grady,
podrás continuar la serie
CATTLEMAN'S CLUB

Corazón derretido

KATE HARDY

Dante Romano podía ser irresistiblemente atractivo, pero Carenza Tonielli no estaba dispuesta a venderle la empresa de helados de su familia. Por desgracia, era el único que podía ayudarla a salvar el negocio. Y cuando la miraba como si fuera el helado más apetitoso de la carta, no podía resistirse a mezclar el trabajo con el placer.

Pero incluso en medio del sexo más ardiente y apasionado el frío empresario italiano era un experto en controlar sus emociones, de modo que Carenza decidió demostrarle los otros muchos sabores que se estaba perdiendo en la vida.

Sabor de amor

¡YA EN TU PUNTO DE VENTA!